名家小写文集

湾里一蔸蝴蝶花

小牛 著

北京联合出版公司
Beijing United Publishing Co.,Ltd.

图书在版编目（CIP）数据

湾里一茓蝴蝶花 / 小牛著 . -- 北京：北京联合出版公司 , 2024. 8. --（名家小写文集）. -- ISBN 978-7-5596-7920-8

Ⅰ . I247.7

中国国家版本馆 CIP 数据核字第 2024N7586F 号

湾里一茓蝴蝶花

作　　者：小　牛
主　　编：张海君
出 品 人：赵红仕
出版监制：张晓冬
责任编辑：夏应鹏
特约编辑：和庚方　张　颖
封面设计：立丰天

北京联合出版公司出版
（北京市西城区德外大街 83 号楼 9 层　100088）
三河市同力彩印有限公司印刷　新华书店经销
字数 260 千字　710 毫米 ×1000 毫米　1/16　13 印张
2024 年 8 月第 1 版　2024 年 8 月第 1 次印刷
ISBN 978-7-5596-7920-8
定价：65.00 元

版权所有，侵权必究
未经书面许可，不得以任何方式转载、复制、翻印本书部分或全部内容。
本书若有质量问题，请与本公司图书销售中心联系调换。
电话：17710717619

目 录

喧哗与骚动与牛 …………………………… 001
偶　像 ……………………………………… 015
悠悠南风 …………………………………… 035
味　道 ……………………………………… 050
涅　槃 ……………………………………… 065
煞　气 ……………………………………… 077
哥哥的烟灰缸 ……………………………… 092
豆腐里的泥鳅 ……………………………… 108
塑　………………………………………… 120
排　长 ……………………………………… 136
小城热闹事 ………………………………… 152
山上有个韦姑娘 …………………………… 170
湾里一蔸蝴蝶花 …………………………… 187

喧哗与骚动与牛

　　县里小报，二版左上角的显要位置，占了差不多四分之一的版面。

　　　　十一月二日上午十一时半，荆水县城发生了一起惊牛事件……

　　读者立即被抓住了。不是惊鸡惊鸭、惊猫惊狗或惊别的什么，事情一开始就有了新闻价值。牛？在县城？
　　是牛。一头牛牯，并不强壮的样子。年龄五岁上下——内行人不扳牙口，远远地从那骨架和毛色就能看出来。当然这种内行人街上少有，一般蹲在县城西门外的屠宰场门口，嘴里叼根烟。水牯的目的地正是那里。
　　于是报纸这样说：

　　　　一个牛贩子赶着一头水牛去屠宰场。为了在屠宰场抢个早，不走城边的小巷，却抄近道走了热闹的华隆大街……

　　说得很清楚，责任肯定在牛贩子。赚钱迫切，一心抢早。水牯是无所谓近道远道的，或许它正希望走远道，慢悠悠地把时间拖得尽可能久。

而且这近道于它太不习惯。报上的"热闹"二字过于笼统。那景象完全用得上"五光十色"甚至"光怪陆离"什么的。红男绿女川流不息，大摊小贩挤挤挨挨。摆耗子药的打快板，补搪瓷器皿的敲盆子，卖苹果、雪梨、香蕉、橙子的扯着喉咙吆喝，推销长筒丝袜、海绵乳罩、尼龙裤衩、腈纶羊毛衫的让收录机吼得歇斯底里。整个华隆街是一条滚滚河流，淌着斑斓和绚丽，泛着喧哗和骚动。

水牯当然就有惊惶，睫毛深长的眼睛瞪得老大，分别盯着两边一眨不眨，步子明显慢下来且明显有点乱；柔而韧的尾巴重重拍打自己的屁股，两只耳朵也不停地却又缺乏节奏地前后摆动起来。

这一切都被牛贩子看在眼里。那汉子从水牯屁股后头一个箭步跨上前来，粗壮的胳膊颇具威慑地紧紧挨着它头部，将勒紧它鼻头的缰绳短短地攥在左手中；右手的长长竹梢则反贴肘部竖在肩后，一如昔日持刀执法的刽子手。

水牯只好将放慢的步子复又加快。有汉子的壮胆应该稍去惊恐。何况还有汉子将眼睛挡去一只，让斑斓绚丽、喧哗骚动只出现一半。但心中委屈恐怕仍然有的。坡上啃草，塘里洗澡，田里蹚泥，河边撒欢，听惯了鸟儿啁啾孩童嬉闹，一肚子恬静淡泊，何曾见过这等场面！

没有挡住的另一只眼也如头上的天色一样阴晦了。

如果仅仅是委屈，事情还不至于太糟。报纸上那块足足两个巴掌大的版面也就完全可以让珍贵于其他。

而如果那汉子对水牯的委屈也有了充分理解，羊未亡而补牢，崖未尽而勒马，及时将它牵入僻静小巷（沿街已发现几条小巷与大街相通），事情也同样不至于太糟，那两个巴掌大的版面亦同样可以省下。

或许以上两个"如果"都不是太重要的原因，根本原因还在于一个精瘦男人迎头挡住了水牯。

那精瘦男人神情激动异常，冲上来张开双臂拦住水牯，大吼："站住！"

这一声吼直冲水牯双耳，至少超过100分贝。水牯双耳猛地一抖，厚厚的肚皮也紧跟着一阵颤悸。体内本已绷起的神经一下紧到欲断的地步。它站住了，四腿微微颤着。

当然这些并未在报上详加描述。报纸只是指出：

> 有人当街拦住牛，让牛贩子把牛牵离大街，以免出事，牛贩子却执意不肯……

执意不肯也当然是实。牛贩子虽然不吭一声，但那瞪起的眼珠把态度表示得一清二楚。

于是精瘦男人更加激动，手指着牛，喷着唾沫："去年这街上发生过惊马事件撞伤人晓得吗？"

牛贩子不晓得。晓得也不大惊小怪。去年是去年。而且牛又不是马。而且赶马的也肯定不是他这号经验丰富、气饱力壮的汉子。

"撞伤的就是我父亲你晓得吗？"精瘦男人继续喷着唾沫。

牛贩子这才偏着脑壳避开唾沫，再微微将脑壳一点，表示晓得了或是表示同情。但放弃继续向前的表示仍然没有。

水牯也在左右扭动脑壳。倒不是闪避那纷扬的唾沫（对人类的唾沫它并无厌憎），而是确实对继续向前生出了动摇。

牛贩子立即将勒住它鼻头的缰绳攥得更紧，终于开了口："我的牛不会惊。"

"不会惊也不行！"精瘦男人简直有点霸蛮，将唾沫喷得更高。

> 拦牛的人和牛贩子发生了争执,引起了人们的围观……

这其实也很自然。人们爱热闹的本性本就容易激发。于是一片叽叽喳喳包围着水牯,将一个危机在好奇里迅速搅拌着发酵。

生意人偏偏在此时此刻表现出独特的聪明。而最具灵气的则是补搪瓷器皿者。只见他跳进人圈,在水牯背上用力一拍嚷起来:"牛皮再厚吹得破,'搪瓷伴侣'敲不脱。一块钱一支'搪瓷伴侣'哪,别的地方没得卖哪!"举起手中盆子当当一阵猛敲。

水牯浑身打战,牙齿上下磕碰,耳朵已经僵住。唯柔而韧的尾巴仍然重重拍打屁股,却不意与那当当作响的盆子碰个正着。盆子当啷落地。周围爆出哄笑。

一片金星在水牯眼前飞舞。

摆耗子药的不失时机抢上来,快板响亮而动听:"如今什么最发愁?家中老鼠壮如牛。满街遍寻好鼠药,够威够力'鼠杀手'!"还一手当枪朝水牯屁股一戳,做个"壮如牛"也得完蛋的示意。

心理学家早就指出人的精神承受刺激是有极限的。然而动物学家在这方面的论述却似乎未被人们充分重视。当水牯连柔而韧的尾巴也僵住了时,偏偏在它的右前方人群中又冒出一个手持相机的男人。

对这个人的出现,牛贩子稍稍显出惶惑。弄不清那人的身份,记者,还是纯粹好事者?无论如何,好好的在街上被人照相总不太乐意,至少人格没有得到应有的尊重。于是他看看四周人墙，像在考虑如何把牛掉过头了。

　　水牯也对此人的出现颇为恼火。相机水牯肯定不认得，但从那一双仇恨的眼睛可以设想，或许它已经预感到此人将会弄出什么损害它牛格的举动来（关于预感的存在已经有不少文章在肯定了），于是它越加瞪大了眼珠。

　　后来也确实得到证实，报纸上那幅刻画惊牛形象的照片正是此人的杰作。为此他获得整整三十元钱稿费。但报道惊牛事件的文章，他却坚决否认出自他手。至于他的身份就暂时不详了，可以肯定绝非记者，因为那相机居然是一架很落伍的国产货——据说他认为可以将传统直接与现代化水平嫁接。还据说他对人愤愤不平过："如今事情不上报就不得解决！"显然是为去年华隆大街就发生过惊马事件只因未披露报端而导致类似事件重演在愤慨。但他应该想到，若是去年就有人像他一样捅上了报纸，他这三十元钱稿费很有可能不会有了。

　　现在，三十元钱的稿费已在孕育中，照相机对着水牯的切齿瞪目举起来了。

　　应该承认此人的摄影经验，落伍相机得心应手。光圈5.6、速度60符合阴晦的天气，但并不适宜这种场面。于是他选择了光圈8、速度120加闪光灯。

　　闪光灯！就是那种在五万分之一秒中放射出亮度达五十万瓦特之炽光的玩意儿。那一道神奇的白光完全是一柄寒气凛冽的大刀片在水牯眼前一挥。

　　水牯全身绷到极限的神经彻底被这大刀砍断了。它昂起脑壳发一声吼，猛地跃了起来。

　　　　牛终于在大街的喧闹中受惊了，牛贩子手里的缰绳
　　被它挣脱。那个拦牛的人首先被它撞倒……

报纸的文字在这里陡然紧张，足使没有亲睹惊牛场面的人也如临其境头皮发麻。可想当时在场的人们会头皮麻到几乎开裂！尤其那持相机者，差一点让相机摔在地上。他清楚地看到水牯其实是朝他撞过来的，只是那精瘦男人过于挨近水牯才首先仰倒在地。也幸亏这精瘦男人的挡道加上那缰绳从一只有力的大手里脱出所制造的短促延误，使他得以像所有围观的人一样噢地惊呼着迅即闪开且迅即隐入人群后面。紧接着他看到水牯既似遗憾又似愤怒地再吼一声，笔直顺大街冲去了。

> 惊牛在大街上疯狂地一路窜去。人们惊恐万状，乱成一团，满街一片惊呼……

这段文字决非夸张。热闹的华隆大街确实刹那间炸了锅。继那位阻牛反被牛撞者之后，紧接着又有数人被撞倒。水牯对此毫无恻隐，它已经彻底地来了牛脾气，一味昂着脑壳猛冲——又幸亏是昂着脑壳，那两杆状如弯笋的硬角才不至导出更惨的悲剧。

然而人的反应能力毕竟远胜于牛。一片惊呼声如电波传递，街上熙攘的人们无论是否明白发生了什么都飞快闪避起来，那景象恰如快艇屁股后头一劈两半的波涛移到了快艇前头。于是在接下来的一段时间，水牯脚下竟再无一个倒霉者。

但大街两旁的摊担却倒霉了。闪避的人们连自己神态的狼狈都不顾及，自然难以顾及那摊担的丰富多彩。于是苹果、雪梨、香蕉、橙子拼命亲吻不同类型的鞋底，长筒丝袜、海绵乳罩、尼龙裤衩、腈纶羊毛衫也不分男女老少纷纷缠缠绵绵；各种时令菜蔬都争先恐后跳出菜筐菜篮，诸多杂卖商品全打破营地疆界相互融合……

因此准确地说，那"乱成一团"中并不全是"惊呼连天"

了。当一个被烂香蕉滑倒的胖妇人跌坐在鱼盆里,而那肥硕的屁股又将盆中水溅得卖鱼人一脸一身时,那鱼盆后面的袖珍超市里分明发出了笑声。

这笑声引发了其他店铺的醒悟,都记得不久前超市老板为卖鱼人挡了自己的生意跟他大吵一架。虽然卖鱼人那"大街没有谁买下"的理由连同手中扁担都显出硬棒,但此刻的狼狈是无论如何值得店铺同人欢快一下的。于是由摊担引发的更多笑声便夹杂于满街惊呼中在一溜店铺中此起彼伏。

也许是受到笑声的鼓励,水牯又吼一声,冲得更加起劲。

> 惊牛已经顺大街狂奔三百多米远,却无一人挺身而出制服它……

报纸在水牯冲得更加起劲中发出一个灰色的感叹。

水牯不在乎。现在可是连它的头上也有笑声了。遗憾的是牛的眼睛不能朝上看。因而那些临街楼上的窗口发生的生动情景它无从知晓。

为了让它知晓,就有人从窗口往它身上砸去一些什么。最初是一团抹布,黑乎乎从脖子边擦过落在地上。接着是一个坏了一半的苹果,已经从脑壳边擦过了。再接着一声"看我的",飞下一大坨硬硬的剩饭团,终于正砸在屁股上,又飞溅成碎珠四散状。水牯刚刚诧异一下,两个生鸡蛋手榴弹一般同时砸下来了,一个落在它脑门上开出一朵稀糊糊的花,另一个从它耳边落下刚在地上开花立即被它踩着。稀糊糊的鸡蛋花在硬硬的水泥街面完全能呈现一种润滑剂的性能,水牯不由自主一个趔趄险些滑倒。也就在这一下,它利用趔趄中脑壳偏向上空,终于看到好些探身窗外的脸,最兴奋的是一位高举一只烂高跟凉鞋的姑娘,那漂亮脸蛋上正朝它笑出两个酒窝。当然这种观察只能是一瞬间。就在它迅速恢复身体的平衡要继续冲下去时，那只烂高跟凉鞋也迅速落下来了，不偏不倚，正好挂在它状如弯笋的右角上。

头上一片鼓掌，街上也更多笑声。

报纸的文章便十分地气愤了：

> 简直难以想象，在骇人的事件面前，我们看到的竟是幸灾乐祸甚至推波助澜……

如实地说，也并不都在幸灾乐祸甚至推波助澜。好多人在惊牛窜过去后根本就不再予以理会，因为他们较之楼上的窗口大大缺少悠闲，而较之那些倒霉的摊担又稍稍多出优越。这优越当然要哲学地看，作为生意人，没有在临街的最前沿占住有利位置毕竟不会老是幸事。所以，当前沿阵地一塌糊涂的时候，他们便非常及时地挤了上去，将自己完好无损的摊担牢牢插入一切可乘之隙（有的还顺手将别人撒落在地的货抓一两把搁进自己的摊担里），然后再热切地望着街上的人们，希望大家在惊牛造出的惊惶过后把注意力投到他们的摊担上来。

但人们总爱在惊惶后面紧紧跟着好奇。听说水牯用角挑着一只烂高跟凉鞋便纷纷追去，一定要领略这份难得一睹的幽默。于是大街更加喧嚣更加热闹起来。

持相机的人这时候也在追赶惊牛的队伍中。手里还敏捷地在相机上完成拨胶卷、定焦距、揿动闪光灯开关等一系列动作。因为他十分清楚，随着事态发展刚才拍下的镜头已不再珍贵。

只要稍稍细看一下报纸上那幅照片就知道，那狂牛飞奔而来的镜头绝对是在牛惊以后正对惊牛拍的。这就是说，拍照人的勇气已非同一般了。

关于人的勇气突变之生理、心理诸方面的深层探讨这里已无暇顾及，应该肯定的是持相机人第二次拍照已相当地果敢，尽管一个穿制服的人多少为他做了点屏障。

那个穿制服的人乃市场管理员。这在后来的报纸报导中说明了：

> 一位市场管理员终于冲出来，站在大街上伸开双臂要阻挡惊牛……

实在说，精神堪称壮伟但举动却有点可笑。连市场管理员自己也明白伸开双臂是无法阻住疯狂之牛的，于是他慌乱中一个劲愤怒地大嚷："是谁的牛是谁的牛是谁的牛呀？"

应答在牛屁股后头蜂拥的人群里。牛贩子正在跌跌撞撞试图抓住被牛拽在地上的缰绳。然而那缰绳竟活泼有如舞蹈的蛇。

持相机的人就在这时突然跳到街中，弓腰站在市场管理员身后，从市场管理员肩头上伸出相机，紧接着又是白光一闪。

水牯也就在这时有了刹那的愣怔。它清楚地看到了自己仇视的人，而紧接着那寒气凛冽的大刀片又狠狠砍向了它。

也正是这刹那的愣怔使牛贩子终于一跃而上抓住了缰绳。那脸上也终于闪过一个疲惫不堪的微笑。

> 在牛贩子终于抓住缰绳的时候，惊牛吼叫一声高高蹿起来，鼻子被缰绳猛地拉破。在痛惊交加中，牛更加疯狂了……

报纸并未描绘那血淋淋的鼻子。那血淋淋的鼻子如同一团燃烧的火，把水牯整个脑壳都映照得狰狞可怖。扬着这狰狞可怖，水牯足足蹿起五尺高。所有的人全都咦呀一声高呼起来。持相机者飞快地向街旁躲去，同时也没忘了将市场管理员重重拽了一把。那市场管理员却远不如他灵巧，身子一歪啪地摔在地上。在人们又一声咦呀里，水牯从市场管理员身上跃过去了，并且将那只终于从角上晃脱的烂高跟凉鞋重重摔在他脸上。

带着剧痛的鼻子，水牯实在愤怒至极了。那并不强壮的躯体里爆发出疯狂的力量。即使眼前是荆棘是陷阱、是火海是刀山，它也要猛冲猛闯，无论生命不能承受的是轻是重，全都不管不顾了。

然而眼前没有荆棘陷阱、火海刀山，却出现了一队孩子！

惊牛狂奔的前方有一个拐弯处，城关小学的大门正在这里。放午学的孩子们排着队刚走出大门，惊牛朝他们奔来了。眼看一场更为可怕的惨剧就要发生……

孩子们吓得挤成一团，反而将校门堵住了。街上的人们也傻呆呆一个个木头一样。人的反应能力在此时又表现出相当可悲的迟钝。

而水牯的反应能力却明显地比人出色。它高昂地吼了一声，姿态亢奋起来。那一条条鲜艳的红领巾肯定使它联系到自己鼻子上燃烧的血，眼珠便被那燃烧的血灼得快要爆裂。

它笔直朝着孩子们冲去。

千钧一发之际，一位年轻女教师奋不顾身朝惊牛冲上去，挥舞着一根扁担……

这突然出现的新情景是令人激动而又紧张的。当时在场的所有人都屏住了呼吸。但这里又不能不指出，报纸的描述并非精确。因为年轻女教师刚冲出校门时，也仅是伸开双臂拦在孩子们面前，姿势同那位市场管理员无异，只是惨白的脸上更为惊恐，甚至露出了绝望。

但毕竟这只有十几秒钟。惊牛迅速推进的嗒嗒蹄声像鼓点一样敲醒了她的理智。她终于意识到这种母鸡护雏的方式只能是徒劳而又可悲；而那血糊糊的牛鼻子又猛地使她心中迸出一股搏斗的豪情。于是她飞快地从校门旁一副已不见主人踪影的糖担上抽出长长的扁担，挥舞着朝惊牛冲了上去。

这倒是水牯始料不及的。一个纤瘦的女子居然第一个敢和它搏斗，而且居然真真实实在它脑壳上砍一扁担。幸好它的脑壳坚硬，而这女子的力气又太有限，否则它还不能马上用脑壳将这女子撞倒在地，并且接着用那两只状如弯笋的硬角抵向她美丽的胸脯。

> 年轻女教师被惊牛撞倒在地，处境十分危险。说时迟那时快，一个卖猪肉的小伙子手执尖刀"嗖"地射过去……

简直有点武侠小说的叙述风格了。不过那情景倒确实扣人心弦。小伙子毫不迟疑地将那柄杀猪尖刀朝水牯胸脯上捅了进去，一股血顿时顺尖刀冒出来，在地上的年轻女教师那件雪白拉毛春秋衫上溅成数朵红花。

之所以是"冒"出血来，而且只溅成"数朵"红花，实在又是小伙子擅长杀猪却缺乏宰牛经验，还加上多少有点紧张。那尖刀捅进去的位置只是水牯的第四根胸骨和第五根胸骨之间，距心脏尚有五厘米左右。于是水牯在浑身牛皮一阵剧烈抖动的同时，不等那尖刀再次插入胸膛就又蹿了起来，顺大街的拐弯逃奔而去。鲜红的血滴也在水泥街面上洒去一路。

满街顿时激昂起来，一片吼声："追啊！""捅死它啊！""吃牛肉哇！"震天动地撼人心魄。报纸把这归结于年轻女教师和屠夫的感召，用了这样简约而又动情的一段文字：

> 良知和灵魂终于在两个奋不顾身的勇士面前震颤了，不少人都勇敢地向惊牛追去……

惊牛不肯让人追上。它奔得越加地快。脑壳昂得高高，尾巴拖得笔直，四条腿的大幅伸缩使整个身子呈现一种优美的曲线运动，一如心电图屏幕上波动跃进的光点。

只是胸前的血还在不断地冒。那水泥地面上的灿烂已经不是星星点点，而是浓浓一线。于是那飞扬的四蹄渐渐有点零乱起来。

幸好热闹的华隆大街也快要结束，前面已见西门了。西门外紧靠城墙的屠宰场也听到了动静。几个精壮汉子手执宰牛刀迅速跑到城门洞下，摆出了架势……

水牯瞪着那几个迎接它的精壮汉子。它终于明白自己到底还是以最快速度奔到这个令一切牛恐惧发抖的地方来了。

水牯在绝望中悠长地发出一声悲鸣，气力不支眼看就要栽倒。

然而意外的转折突然出现。水牯发现了城门洞旁边那一线坍圮的古城墙。

> 在宰牛汉子的堵截下，惊牛蹿上了坍圮的古城墙，顺着那段残余城墙逃去……

似乎是在狗急跳墙仓皇寻找一线生的希望。但又并非只有这种"逃去"可以断言的。在世上万物许多奥秘正在发现的今天，牛是否存在简单思维也难说定。那残墙的土脊上满栽的莴笋、芹菜、蒜头之类，极有可能让水牯想起了绿油油的山坡。那是何等温馨的一个回忆！一切愤怒、惊恐、绝望、悲哀，冰一样在这温馨里化去。于是它一头扑进这绿油油里，一任那追杀声汹涌逼近，只自顾撒蹄甩尾，尽情地重温山坡上的情绪。

追杀的人们便跟着这情绪在窄窄的残败城墙上一步步逼去，都肯定这水牯再也无路可逃。因为残墙总共不过四百米长，前头不远处已是断口，断口下又是因多年洪水冲刷而严重歪曲原有航道的河湾。

于是报纸上的文章也在准备结尾：

惊牛奔到断墙尽头，终于停了下来……

终于停了下来，还探出脑壳往深深的断墙下面看了一下。突然又转过身子，抵着两只弯如笋状的硬角瞪着逼近的人们。

人们也停下来，一时有点惊惶。窄窄的城墙上可是无从闪避那两只硬角了。

幸好这惊惶只有片刻。水牯两只后蹄蹬着的断墙边缘开始松动起来，土层迅速下滑。水牯用两条后腿紧张地划了两下，无济于事。随着它翘起的屁股很快往下倾斜，整个身子便向断墙横断面移去。当两只睫毛深长的眼睛表情复杂地眨了几下之后，水牯再也不能留恋断墙。只听得嘡的一声大响，一朵巨大的水花从断墙下的河湾里冲天而起。

惊牛掉进断墙下的河里。人们这才松下一口气来。

至此，骇人的惊牛事件终于结束了。可是它却留给了我们一点思索……

报纸没说一点什么思索。也不知道放下报纸后会有多少人去思索及究竟思索了什么。但对报纸的不满倒几乎是一致的，因为报纸没有就惊牛的最后命运做出交代。而人的寻根究底心理又似乎是普遍的。于是就有了猜测：

其一，牛已负伤，且惊累交加，高处坠下，必死无疑。

其二，牛虽负伤，却极厉害，且水牯擅长凫水，落入河里，实乃生路。

不知这两种猜测是否也可算作思索？

偶 像

　　父亲对今天成为万众偶像的歌星一概不以为然，尤其那些女歌星。父亲说，那叫唱得好吗？捏着嗓子憋几声猫叫，豁着嗓子打锣一样号两下，台下就瞎起哄地鼓掌挥棒棒了。你们是没听过唱得好的咧，哼哼！父亲哼哼着又要说起那位叫林音的女宣传队员了。我已经记不清父亲说了林音多少遍。父亲说林音那才真叫唱得好啊，全世界都肯定没有比她唱得更好的了！唱得林子里的鸟都不敢吱声咧，唱得河水都不肯淌快了咧，唱得天上云彩都忘记飘动了咧。林音嘴一张，那歌声就随风飞遍十沟八寨，今天这些唱歌的谁能比啊？没个麦克风不敢张嘴咧！

　　我从不跟父亲争辩，也不准一见电视里有超女快女就尖叫的女儿反驳爷爷。我知道父亲心里已经高耸着一个差不多是仙女的形象，而一种天籁之音就由那仙女轻轻舞动着永不消逝。仙女形象和天籁之音让父亲一说起林音就仰起了脸，沟壑纵横的脸上如同镀上了晨晖一般泛着光，两只浑浊的眼珠也立即灯泡一样亮起来。

　　林音是当时的师宣传队骨干。父亲其实对她的了解并不很多，只知道她是河北人，还是个大学生，刚读了一年大学就参加解放军南下了。父亲也不需要了解林音太多，谁还需要了解仙女很多吗？父亲把林音形容成仙女，除了因为她歌唱得太好，还因为她长得太漂亮。林音的漂亮首先体现在她的白，父亲从没见过女人会有那样白，他只听他的父亲即我爷爷在歌里形容过女人的白：

妹妹一张白白脸哟，
炫得哥哥闭闭眼哦。

而这形容还被人耸过鼻子，一个财主的婆娘就耸着鼻子朝我爷爷哼，有那样白的女人吗？还炫得你睁不开眼哩，一堆雪呀！爷爷嘿嘿笑，也就在歌里嘛，歌里没得规矩呀。跟着我爷爷赶脚猪的父亲却对财主婆娘不服气，心里哼道，兴许就有那样白的女人呢，乡下看不到啊，乡下顶多就你这号脚板薯一样的嘛！父亲没想到自己的不服气会在后来被林音证实，第一次见到林音他就想起我爷爷唱的歌了，真有这样白的女人啊！炫得天上太阳都在那一刻隐入云层里了。只是父亲没有被炫得闭闭眼（他在心里为自己辩解：我又不是个"哥哥"），父亲只是使劲眨巴眼睛，傻傻地看林音。林音乐了，她扬起弯而细长的眉毛问父亲，小鬼你这么看我呀！我有什么奇怪吗？林音的声音脆亮又柔和，比画眉子叫声还好听。父亲摇摇头，再摇摇头。林音又问父亲，你怎不说话呢？老摇头干吗呀？父亲抿抿嘴，终于蹦出一句，段鼓眼婆娘说没得那么白的女人，她要看到你会惊得哭呢！

父亲说，就是从第一次见面把林音逗得乐不可支开始，林音特别喜欢父亲了。父亲才刚刚参军，被分配到师部宣传队，专门照看队长的大红马。队长是个老八路，正团职，上级专门给他配了马。但父亲不知道让他来照看马，是因为他年纪小个子也瘦小不宜下连队，还是因为他有赶脚猪的经验兴许会把马也照看好。

不管怎样，成为一名解放军战士让父亲很兴奋，现在又能跟林音这样仙女一样的宣传队女兵在一起，就更加让父亲激动了。来到师部宣传队的当天傍晚，父亲就将大红马牵到营地附近的草坡上。一会儿，林音也来了，她老远就冲父亲乐，小鬼你又眨着眼睛傻笑什么，是不是看见我就想起你爹唱的歌了？父亲点点头。林音走近父亲，那你唱给我听听，好不好？父亲摇头，唱得不好。林音鼓励父亲，唱得不好没关系，又不是在舞台上。父亲还是摇头。下午他看了宣传队排练节目，林音唱了好几支歌。他在一旁惊呆了，世上还有这么美妙的歌声啊！听林音说话已经是画眉子叫了，现在她唱歌，一百只画眉子也不敢比啊！

　　林音走近父亲，小鬼你唱唱嘛。你唱一个，我也给你唱一个行吗？父亲眨巴着眼睛，没作声。林音说，小鬼你别老眨巴眼睛，你说行不行啊。父亲又将眼睛使劲眨巴几下，这诱惑太大了，那比画眉子还好听的歌声专门唱给他听呀？林音做出不高兴样子，这么公平的事你还不干，大红马都盯着你呢。父亲瞟瞟大红马，大红马已从草地上抬起头来，正竖着耳朵望着他。父亲抿抿嘴，向林音说，我轻点声唱，行吗？林音点点头，那双好看的眼睛满是笑意。父亲就轻声唱起来：

　　　　妹妹一张白白脸哟，
　　　　炫得哥哥闭闭眼哦。
　　　　天上飘来软软风哟，
　　　　落在心里细细拣哦。
　　　　妹妹一张白白脸哟，
　　　　炫得哥哥闭闭眼哦。
　　　　月亮偷偷打一望哟，
　　　　茶花在把菜花舔哦。

呜哟咦哟喂吔——

茶花在把菜花舔哦。

林音拍掌，呀，真好听！父亲却有点慌，林音的掌声引得远处几个正弯腰压腿的宣传队战士也扭过头来。他赶紧摇手，莫啰莫啰！脸也红了。林音停了鼓掌，问父亲，小鬼你十几了？父亲说，满十四吃十五的饭了。林音笑，比我小三岁多呢，小小年纪倒是会唱爱情歌了啊！父亲低下头去，觉得脸已经比大红马还要红了。他低声说，跟我爹学的嘛，赶脚猪路上总要唱唱的。林音歪着头，脚猪？那是什么猪？父亲说，就是猪公呀，专门给猪婆赶去生猪崽的，一天到晚走个不停要脚劲，就叫脚猪了。林音点点头，赶着脚猪走，一路唱着歌，好浪漫啊。父亲朝林音眨巴着眼，什么"浪漫"？林音说，好快乐，好有滋味。父亲轻轻哼一下鼻子，赶脚猪最被人家看不起了，自己只好唱唱，宽宽心咧。林音扬起弯而细长的眉毛，大声说，什么呀，只有剥削阶级才看不起劳动人民！劳动人民还要鄙视剥削阶级呢！小鬼你会写信吗？不会写我替你写，告诉你爹，要昂起头来，挺着胸走，大声地唱！父亲没作声，又低下了头。

林音觉出异样了，她细细询问父亲，这才知道，这位小鬼的爹就在不久前死在敌人的枪口下了。那是我军追击白崇禧部与设伏的白军激战前夕，父亲和我爷爷并不知道白军悄悄在一个叫青树坪的山冲里埋伏下了，仍然赶着脚猪在小路上走。我爷爷刚仰头唱出一句"妹妹一张白白脸哟"，就被旁边山头传来的一声闷响打断了，爷爷身子摇晃一下，扑倒在脚猪背上。脚猪向前一窜，立即又从旁边山头传来几声闷响，脚猪歪倒在地，四脚乱抖，脑袋和肚子上都有血流出来。父亲瞪大眼，呆立着不敢动。只见好几个身着军服的大兵从旁边山上飞跑下来，有的拖四脚还在抖动的脚猪，有的拖一动不动的爷爷，还有一个拽着父亲的胳膊，一起又跑回山上去。父亲始终蒙着，从被捆在山后坡一棵松树干上，到没多久满世界炸鞭炮一样的声音震耳欲聋，他一直呆呆地张着嘴大口喘息。直到第二天傍晚，一伙扛着弹药箱子往山上跑的大兵从他身边路过时，一个年纪跟我爷爷相仿的大兵将他从树上解脱，他才跌跌撞撞跑下山，在连夜乱窜中跑到一个叫永峰镇的地方，却又见到一帮穿军装的人吓得掉头再要跑，终因饿累交加再添惊吓晕倒了。也幸亏遇到这些穿军装的人，父亲醒来后才发现他们的军装不一样，人也特别和气，还给他端来饭菜。当父亲知道他们叫"解放军"，是要解放穷苦人时，就哗哗淌起眼泪来，说娘早就病死了，现在爹又死了，他没有家了，硬是要参加解放军了。

　　父亲给林音述说这些的时候又流了眼泪。这眼泪里既有参军的激动，也有为悲惨家事的哀伤。林音掏出裤袋里的手绢向父亲递过来，她那双好看的大眼睛也让泪水泡着了。

　　那次林音是失言了，没有专门给父亲唱歌，她只顾着递手绢让父亲擦眼泪而且自己使劲忍眼泪了。不过父亲很快又听到了她唱歌，就在部队奔赴广西的急行军途中。父亲说，那个急行军才真叫急咧，宣传队正开晚饭，队长突然命令紧急集合马上出发。父亲赶紧学别人的样往随身携带的洋瓷缸里塞两个饭团，用毛巾一扎栓在腰带上，牵着大红马就出发了。部队走的全是山路——父亲说到"走"立即又更正，不是"走"，是"跑"，时而小跑时而大跑，一路上只听到队伍里一声声从前面往后下传的口令：跟上！跟上！父亲很快就气喘吁吁了，过去跟着我爷爷赶脚猪都是慢悠悠走路啊。牵马的缰绳不知什么时候到了队长手里，而自己手里拽着的已是大红马的尾巴。大红马是久经沙场的战马，背上驮着宣传队的行头，尾巴还拖着父亲，在山路上嘚嘚嘚地走得很快。

父亲身后紧跟着的是林音，林音也在气喘吁吁。事后林音告诉父亲，她也是头一次走这样崎岖的山路，不过急行军倒是经历过好几回了，还有暴雨中急行军的呢。当然那天夜里也下了雨，雨倒是不大，后半夜下的，崎岖山路加上雨水更难走了，不时有人摔跤，队伍的行军速度明显慢下来。就在这时候，林音的歌声响起了：

> 说打就打，说干就干，
> 练一练手中枪，刺刀手榴弹。
> 瞄得准来投呀投得远，
> 上起了刺刀让他心胆寒！
> 抓紧时间加油练，
> 练好本领准备战，
> 不打倒发动派不是好汉，
> 打他个样儿叫他看一看！
> ……………

父亲在年事已高时跟我再说这段情景，还会满怀激情将林音当时唱的歌唱上几句，然后又摇头，说要当时让他唱的话，哪怕唱得最溜的《白白脸》，他也唱不出一句来，嘴巴张得好比洋瓷缸口还喘不过气呢。父亲接着就抨击那些在舞台上蹦跳着唱歌的明星，说那也叫本事吗？去山路上来个急行军试试，趴了他（她）屁都没力气放咧！父亲还挥舞着手，林音不是仙女是什么，那么辛苦的急行军还能唱歌！那歌声好大魔力呀，又像画眉子在大家心里飞，又像军号在大家头上吹，队伍的行军速度顿时又加快了。

而父亲能够始终没掉队，除了林音的歌声有神功，还有林音给他的一个饭团让他添了力气。父亲装在洋瓷缸里的两个饭团连同捆扎洋瓷缸的毛巾都不见了，他听到自己肚子里咕咕声响得像打雷。就在这时候，林音在身后拍拍他的胳膊，将一个饭团塞在他手里。父亲一愣，正要将饭团还给林音，林音命令他，不想掉队就快吃！我还有一个。父亲略一犹豫，将饭团三两下塞进了嘴里。

次日天亮时分队伍下了山，父亲才知道已经出了湘地到了广西一个叫全县的地方了。县城很小，一条鸡肠子街，矮小的店铺大多紧闭着门。宣传队好些女兵已经在店铺门前的石板台阶上坐下了，林音也拉着父亲在台阶上一屁股坐下。父亲扭头看林音，她正摘下军帽使劲在脸前扇风，乌亮的短发湿巴巴贴着脸颊，衬得那张脸苍白得好比刷了石灰水的墙。父亲知道自己的脸也白得快赶上林音了，他刚将稀软的身子靠上店铺门，队长又发出命令：不能休息，立即协助卫生队做救护伤员准备！所有坐着的人又一跃而起，分头行动。

父亲牵着大红马帮师卫生队往一个大院里驮运医疗设备，大院里已经用门板支了许多床，卫生队队长在指挥大家忙上忙下，嘴里还催促着快点快点。很快，县城的西南方向传来枪声，枪声越来越激烈，没过多久，就有担架抬着伤员送到院里来了。父亲事后才知道，部队一夜急行军是在抄近路，为的是截击一股衡宝战役漏网南逃的白崇禧部。这股敌军刚刚逃到全县县城西南七八华里处，就被我们的先头部队追上了。敌我激战至下午才结束，敌军差不多一个团都被我们吃掉了。

宣传队的一多半人都在卫生队帮忙，照看伤员，做各种打杂的事；其他人则去向老乡做宣传工作，借场地、借稻草，做夜里的宿营准备。父亲缺乏照看伤员经验，很快也被安排去做宿营准备。而他在跟老乡接触时，也觉得自己被改变安排非常对，那些老乡对他这个爱眨巴眼睛的半大孩子很容易消除紧张，一位七十多岁的大爷还带着他去后院搬稻草。也就是在搬稻草的时候，父亲经历了一件目瞪口呆的事。他正在起劲地将那堆稻草捆成一个个能背扛的草把，当掀动墙边一堆稻草时，他看到了墙角一窝老鼠仔，那是刚出生不久的，一共五只，眼睛都没睁开，嫩红的身子在蠕动。父亲对老鼠崽并不陌生，过去在老家就两次消灭过这种讨厌的东西。他找来一块盖屋顶用的杉树皮，将那窝老鼠崽连草屑窝一起铲起，转身要去茅房里扔它们下茅坑。正好那位大爷来了，一见老鼠崽就咧开嘴巴笑，赶紧伸手接过杉树皮，端着老鼠崽走了。父亲以为大爷要亲自消灭老鼠崽，他怎么也没想到，就在他背着几个草把往屋外去时，耳边传来吱吱叫声，循声一看，父亲眼珠都快蹿出眼眶了：大爷在堂屋里坐着，身边小桌上的瓦钵里趴着那窝蠕动的老鼠崽。大爷一手端着一把烫酒的小锡壶，往嘴里送一口酒，另一只手从瓦钵里捏住一只老鼠仔的尾巴拎起它来，丢进嘴里，津津有味地大嚼，花白胡须上还沾了殷红的血。

　　父亲眼见这件目瞪口呆的事，我在上大学时听一位来自广西的同学也说起过。他说这种外人难以接受的嗜好，在时代变迁中连本土人也越来越多地摒弃了，但至今在一些偏远山区还能看到。而我是想象一下那情景都要恶心，我只听父亲说了一次就再不让父亲重复。父亲也表示理解，说他当初告诉林音时，着实被林音的激烈反应吓了一跳呢。

　　那是傍晚时分，大家终于能歇口气，好好吃上一顿饭了。当时部队伙食标准，一般情况下师以上干部吃小灶，三菜一汤；团级干部吃中灶，两菜一汤；营以下指战员吃大灶，一个混合菜。宣传队的战士们围着一木桶红米饭、一大盆腌干菜煮芋头，狼吞虎咽，那浓浓的饭菜香味让大家舌头和肠胃都在快活地融化。而队长将自己的中灶也端来了：一小碗炒藕片、一小碗炒南瓜藤、一小碗冬瓜汤。他将这中灶全搅入大灶里，说大家辛苦了权当他的慰问。而师卫生队队长也派人端来一小碗炒藕片（卫生队队长是副团级），他要把自己那份炒藕片送给林音吃，说藕片润肺清喉，林音在协助卫生队照看伤员时最辛苦，一边忙碌一边唱歌为伤员减轻疼痛，让他好感动。林音把这碗炒藕片也搅入大灶里，使得一大盆混合菜更加丰富了。林音对蹲在她身边的父亲说，藕片好吃，不过这个更好吃，是什么呀？她用筷子夹起一块芋头。父亲告诉她叫芋头。他没想到这个仙女一样的人居然连芋头都不知道。林音大口吃着芋头，说知道芋头了，这里人真会吃呀。父亲说，会吃？他们还吃什么你晓得吗？林音望着他，还吃什么？父亲就绘声绘色说起自己目瞪口呆的事来。然而，林音没等他说完就扔了手中洋瓷缸，跑到一边哇哇呕吐起来。父亲慌了，望着林音吐得身子乱抖，一时手足无措。队长也愣住，大声问林音怎么了。林音站起来，转身指着父亲，气愤得声音直抖，你，你，你这么坏呀！

　　部队在全县歼灭一股逃窜的敌军后，稍作歇息又向桂林进发了。仍然是闪电行动，先头部队在敌军的慌乱中一举攻进桂林，紧接着，师部宣传队也跟随大部队跑步进入了桂林市区。大街上随处可见敌军遗弃的辎重和军需品，还有几口大军锅，锅里的大米饭仍在热气袅袅。宣传队的宿营地就在火车站旁边的小坪里，大家齐心协力推开坪里狼藉的各种车辆，拖走十几具敌军尸体——当地老乡说，那都是大帮士兵争抢汽车逃跑时，或相互开枪毙命，或被挤下车丧身车轮下的。林音在跟战友一起拖走尸体时对身上沾血毫不顾忌，这让父亲很是奇怪，她完全不像那个容易恶心呕吐的人啊！

但林音在跟战友清理完尸体再去参与推移车辆时，却受伤了，卡车上滚下的一发迫击炮弹砸伤了她的右脚。这也使得林音不得不成为暂留桂林休养的一员。

暂留桂林休养的人员有近二百人，都是老弱病残少，宣传队就占了二十多个，队长也因为南下以后一直水土不服闹毛病，被上级留了下来，成了休养人员的最高首长。父亲当然也被留下来，不仅是要照看大红马，还因为他是部队中的"少"。

休养的日子很惬意，父亲除了每天早上和大家去扫街、傍晚帮老乡干点挑水劈柴之类的杂活，其余时间基本就是遛马。父亲说，正是这段悠闲日子使他有机会开始扫盲，而给他扫盲的老师就是林音。

林音早就不记恨父亲惹她呕吐了，她甚至还向父亲作了自我批评，说不该发那么大火。也许林音给父亲扫盲的热情就含有这份歉意，所以她当老师时总是表扬父亲。父亲也的确为自己的学习聪明而自豪，他第一次认字就很快学会写自己的名字：胡有胜。这名字是林音给他改的。父亲本来叫"胡有剩"，我爷爷希望他能过上吃了还有剩的日子。林音认为这境界太低，参加解放军了，不能只追求吃了还有剩，要多争取胜利呀，解放全中国是大胜利，今后建设新中国还有好多胜利呢！父亲觉得这名字改得太好，就报告了队长，从此父亲的名字就正式成了"胡有胜"。

父亲扫盲的课堂就在漓江边一块沙地上。那里离营地约三华里远，父亲每次都是帮着林音骑上马背，自己就牵着大红马大步朝漓江边走。那是一幅多么动人的图画：一个肤如白雪、美似天仙而又英姿飒爽的女战士，骑着一匹红似火焰的战马，由一个军装虽显长大，但精神抖数的少年战士引着一路前行，沿路行人能不驻足长望吗?! 二十世纪九十年代末的一个深秋，我去桂林出差时，特意走访了几位年过七旬的"老桂林"，其中就有两人清晰记得五十年前的这幅动人图景。

深秋的漓江也美得醉人,缓缓流淌的水映着蓝天白云恰似一匹长长的印花布,在微风里悠悠地抖动;那头巨大的石象是彻底被漓江迷住了,伸着长鼻永不知足地吸着江水;而远远近近线条优美的山头,也一齐在漓江的美韵里摆出富有动感的舞姿。

林音常常要在漓江边深深地吸气,再轻轻地摇头感叹,啊,真是仙境哩!父亲接腔道,当然是仙境啊,要不哪来的仙女!林音扭头问父亲,仙女,哪有仙女?父亲说,远在天边近在眼前咧。这个成语也是父亲在扫盲中才学到的。林音咯咯笑起来,我呀,我可比不上仙女呢。父亲很认真,怎么比不上?你跟仙女一样地美,唱得也跟仙女一样好。林音更乐了,你听过仙女唱歌?父亲点点头。林音向父亲凑过脸来,在哪儿听过?父亲说,就是听你唱过嘛!林音用手点一下父亲额头,你这小鬼还真鬼呢。

不过林音到底在这时想起了欠父亲的承诺,她说,我说过要给你唱支歌呢,现在就给你唱吧。父亲拍手,好啊!林音歪着头,唱什么歌呢?就唱你那支《白白脸》行不?父亲使劲眨巴眼睛,你也会唱?林音说,你再哼两遍我学学。父亲就哼唱起来,教了林音两遍。林音点点头,会了,不过我要改词。父亲说行。心想我的名字都被你改得那么好,歌词还能改得不好吗。

林音在沙地上坐直身子,微微仰着脸,唱起来:

妹妹一张白白脸哟,
炫得太阳闭闭眼哦。
天上飘来软软风哟,
追着妹妹上前线哦。
妹妹一张白白脸哟,

> 炫得太阳闭闭眼哦。
> 月亮偷偷打一望哟,
> 红旗映红妹妹脸哦。
> 呜哟咦哟喂呫——
> 红旗映红妹妹脸哦。

父亲听呆了。这哪里还是自己唱的歌啊,词改得太妙了!曲调也在那画眉子难比的歌喉里更美了!整个就是一支天上飘下来的仙歌咧!林音唱完好一阵,父亲还张着嘴巴合不拢来,眼睛也忘了眨巴。他觉得不仅是自己沉到那歌声里去了,脚下的漓江也在那歌声的回荡里淌得慢下来呢。

也许就因为父亲和林音都沉醉在优美动人的歌声里了,两人竟忘了旁边的大红马,大红马只好悄悄走开了,它被不远处一堆嫩绿的猪草吸引过去。那堆嫩绿猪草不知是哪位老乡打来准备在河边清洗的,也不知这位老乡是因为什么又赶回家去了,还把一只盛了半篮干河虾的竹篮搁在那堆嫩绿猪草上。大红马对干河虾并无兴趣,它只爱吃嫩绿猪草,但它大快朵颐时晃动的脑袋却碰翻了竹篮,竹篮滚到河里去了。等到父亲和林音发现大红马闯祸时,半篮干河虾除了少量撒在地上多半已随河水飘远,只有那只竹篮还在离岸不远的水底里躺着一摇一晃,很快活的样子。父亲慌手忙脚脱去军裤,只穿裤衩下河去,从深及大腿的水里将竹篮捞了出来。

偏偏队长这时候也来河边了。队长刚听了一位老郎中的建议:要多来漓江边泡泡"河水脚",说是有助于水土适应。队长在路上还帮一位大嫂提了一木桶要洗的衣物,而那位大嫂,正是这堆嫩绿猪草和半篮干河虾的主人。

可以想见,队长对父亲和林音是怎样的光火了。

四十多岁的队长是山东人,一冲人生气就爱手指对方吼,为什么?你雪你雪!"雪"其实是"说",但谁还敢朝这个发怒的山东大汉"雪"什么呢。因此队长冲着父亲和林音吼着"你们给我雪呀雪"时,父亲吓得直哆嗦,林音也眼里滚出泪珠来。倒是那位大嫂在生气过后又怜惜父亲,赶紧抓起地上的军裤让父亲穿上,只是不肯看林音一眼,是认为大的比小的责任大呢。

林音也的确将责任全部揽了,她鼓起勇气向队长说,是我的责任,我让小胡在沙地上练写字,由我照看马,但我想唱歌了,一唱就忘了管马了……队长处分我吧。

队长仍然涨红着脸,手不指父亲只指林音,不处分你行吗你雪!关你一天禁闭!

其实关禁闭并不算军纪中的处分,那只是一种处罚。但林音却为自己受了处罚深感羞愧。直到在桂林的半月休整结束后,大家赶到阳朔参加剿匪了,林音还在对父亲念叨,一定要争取立功洗刷自己的羞愧。

父亲深有感触地对我说,林音真是满腔革命热情而又纯洁无暇,就像一股掺不得泥沙的山涧水呢。战争年代关禁闭是常有的事,父亲后来也被关了禁闭还加上记大过,父亲就一点不后悔。当然,那处罚加处分也是为了林音才甘愿受的。

不过林音要立功的决心倒真在阳朔实现了。

林音因在一次剿匪战斗中机智勇敢的表现,被部队授予了三等功。父亲当时也在这个剿匪小分队当中,令父亲感到意外的是,上级居然也给他记了个三等功。

父亲多次跟我强调过,解放战争时期的部队立功人员,他是年纪最小的,那个三等功是他人生的第一次殊荣。我能想象当时父亲是何等兴奋,父亲说他几次都在梦里发出笑声——这是铺位挨着父亲的战友亲耳听到的。战友还跟父亲说,小鬼你好奇怪哟，磨牙的毛病突然没了改成睡着笑了。于是父亲兴致勃勃告诉林音，立了这回功，我睡觉老爱磨牙的毛病都没了咧！林音歪着脑袋冲父亲乐，是吗？那你争取再立一次功，让眨巴眼睛的毛病也没了！

  我是没发现父亲有眨巴眼睛的习惯，父亲说这个毛病的突然消失，其实是他在犯那个导致处罚加处分的错误时。不过林音让他再争取立一次功，的确在他年少而激荡的心里又点了一把旺火。

  但也正是要再次立功的强烈愿望，使得父亲心里有了永远之痛。

  当时的阳朔境内虽已消灭大部股匪，但仍有两支残余股匪活动猖獗，因此我军除大部队继续向荔浦、蒙山一线前进，还留下一个营在阳朔清剿残匪。由队长率领包括父亲和林音在内的宣传队三分队，就随这个营留了下来。那天营长得到侦察员报告，由匪首周兴明率领的股匪正在三十里外一个山沟里活动，营长决定派出两个连赶往那个山沟去。父亲觉得立功机会来了，强烈要求参加战斗。本来，三分队有十来名男兵下了连队，几名女兵加上父亲则由队长带领留在营部驻地，协助新成立的乡人民政府开展各项工作。这让父亲心里很急，不打敌人难得立功呀。父亲要求参加战斗的理由很充分：周兴明匪部有裹挟的少年兵，他可以在战斗中做瓦解喊话。父亲这一要求得到满足，而他恳求林音替他照看正在闹毛病的大红马也得到林音应诺。父亲就满怀激动去参加剿灭周兴明股匪的战斗了。

  战斗很顺利，那支其实松散得像豆腐渣一样的土匪队伍不到一个小时就被全歼，周兴明也被瓮中捉鳖。只是股匪里几名少年兵在战斗一打响时就弃枪逃下山来，根本用不着父亲喊话。当然父亲端着一支司登式铁把冲锋枪朝敌阵狠狠扫了几梭子，虽然不知道打死敌人没有，心里还是很过瘾。

然而，就在父亲跟战斗部队凯旋时，却得到一个如雷轰顶的消息：林音被另一股偷袭的土匪掳走了！

那股偷袭的土匪属李冠雄股匪。李冠雄原是国民党军队的一名营长，在东北战场被我军俘虏过，但他竟在严密看守下逃脱了，潜回阳朔老家当了土匪头子。此人狡诈凶残，在当土匪头子的一年多里作恶多端，而剿匪部队的几次追击也都被他甩掉。这次他派出十几名匪兵来侦察我营部驻地情况，那伙匪兵在悄悄来到营部旁边时，听到一阵脆亮的歌声，便循声潜行，看到一幢独立坡上的木屋，木屋门前栓了一匹大红马，歌声就从那屋里传出。匪兵们立即窜进那幢木屋里，用匕首捅倒了屋里三个老乡，将拼命挣扎的林音抓走了。

林音也的确麻痹了点，以为建立了新政权的营部驻地应该安全，何况还驻扎有一个连队。她没想到，这个沟壑纵横、地形极为复杂的地方会有大胆匪兵潜入。而林音的被抓，闹毛病的大红马也是一个因素。几天来大红马老是拉稀，草料也不爱吃。队长为此还数落大红马，说我不闹毛病了你又出情况，你雪你是不是存心舔乱呀！林音心疼大红马，向老乡打听服伺马的好法子，一位老乡便给她引路，让她牵着大红马去找一位大爷。大爷就住在那幢独立坡上的小木屋里，已经因风湿瘫在床上两年。他让老伴和引路老乡还加上林音一起将他抬出屋，将大红马细细打量一番，又闻了大红马打的响鼻，说毛病不大。大爷躺回床上后，让老伴去屋后扯了几把草药交给林音，说是煎了水灌喂大红马，连续灌喂三天就能让马好了。林音不知怎么感激大爷，说大爷您躺在床上真不容易，我给您唱支歌吧。她怎么也没想到，就是自己的歌声引来了一场灾难。

灾难发生半小时后，队长率领十几名战士赶到大爷家，他们看到的是倒在门前浑身是血已经死去的大红马、屋里同样浑身是血也咽气了的大爷和老伴；只有那位引路的老乡没被捅死，他断断续续讲述了发生的事情。

营部连夜商量怎么解救林音，李冠雄却让一个老乡送信来了，让部队派出代表，在第二天中午去一个叫狮头岩的地方谈判，不准带枪。

第二天日头快正顶的时候，队长在向导带领下，亲自赶到了谈判地点，他真的没带枪，父亲也跟在队长身边，同样没带枪。狮头岩是一块突出在绝壁上的巨石，离地高约百米，状如狮头；狮头后面是一个大岩洞，洞口周围怪石林立。向导说，要爬上狮头岩，必须绕道走四十多里羊肠道，但到达狮头岩边上也只有一条险路上去，几支枪就能把那险路掐断。队长和父亲只好站在狮头岩对面三百多米远的一个小岩头上，这里能清晰地仰望到狮头岩上情形。父亲将眼睛使劲眨巴几下，再使劲瞪起来，没错，他看到了林音。林音已是赤身裸体，被捆绑在一棵砍光枝叶的树干上，她垂着头，散落的乌发遮住了脸，那雪白的身子在阳光下格外炫目。林音旁边，就是一身国民党军服的李冠雄，李冠雄其实像个瘦猴，他坐在一张竹椅上，将半个身子藏在一根石柱后面。离他不远那些如同狮头鬃毛的怪石林木后，也都藏了架着枪的匪兵。

父亲心里阵阵绞痛，不知道林音受了多少折磨。他听到队长的拳头捏得骨节啪啪响。队长向着狮头岩大声喊道，李冠雄你听着，我是这里部队官阶最高的，没带枪，也只带了这个没枪的小兵。我们是有谈判诚意的。只要你放了我们的女兵，我们可以谈条件。李冠雄吊着嗓门大声说，条件嘛也就一条，我的兄弟周兴明让你们抓去了，你们放了他，我就放了你们这个女兵。队长立即答复李冠雄，你的条件必须合理！周兴明罪大恶极顽抗到底，绝不能放！可以告诉你的是，只要你带领部下放下武器，我们绝对优待！李冠雄伸出一只手指着自己，优待我？哄鬼去吧！我落到你们手里还有活路？我傻鸟呀！你背后林子里就藏着一帮端枪的兵，你叫他们端枪打日头吧！

奇峰林立的山谷将队长和林冠雄的对话一圈一圈地回旋，父亲觉得自己的心就在那声音的回旋里乱窜。这个土匪头子太狡猾了！不过看来枪的确派不上用场。已经有十几名战士在林木掩护下迂回到了狮头岩下，但那里实在攀不上去，也找不到任何射击角度，战士们只能干着急。父亲憋不住大声向李冠雄喊，解放军肯定优待投降的！周兴明部下有几个兵像我这么大，都投降了，马上放回家还给了生活费！李冠雄呵呵笑起来，你个小毛蛋也能当谈判代表？给你们长官捧卵包吧！然后向始终一动不动的林音扭过头去，仍然吊着嗓门，明显要让我们都听到，喂，你抬起脑壳看看嘛，你好多同志来救你了，就是没法接你走呢，顶多听你唱支歌呢。你就唱支歌给你的同志们听听吧，你不是爱唱歌吗？！林音仍然一动不动，像是没听到身边那个土匪头子的话。父亲担心地问队长，她还活着吗？

队长没回答父亲，又向狮头岩大声喊，李冠雄！我给你雪，你要给自己留条后路！你是被我军俘虏过的，知道我军的厉害！李冠雄又呵呵地笑，我是在你们手里栽过，不过我现在又在这里当司令了。我当司令就不打算给自己留后路咧。我也不怕你雪，这地方下不了雪呢。你看现在笑的是我，心慌的是你们呀！

就在这时，一动不动的林音突然抬起了头，好像还深深吸了一口气，一阵歌声就从她嘴里飘出来：

  妹妹一张白白脸哟，
  炫得太阳闭闭眼哦。

天上飘来软软风哟,
　　追着妹妹上前线哦。
　　…………

　　李冠雄从竹椅上跳起来,哟嗬!还真唱起来啊!他一挥手,一个匪兵立即上前,将一桶什么液体泼在林音身上,林音雪白的身子变成了浅棕色。队长大声喊,李冠雄!李冠雄!你不要罪上加罪啊!

　　李冠雄毫不理会队长,他将一支火把点燃,朝林音高声叫道,唱吧唱吧!先给你洗个桐油澡,再给你点支大蜡烛,你就快活地唱吧。他将火把伸到林音胸口上。

　　林音胸口上腾起一片火焰,她仍然仰着脸在唱:

　　妹妹一张白白脸哟,
　　炫得太阳闭闭眼哦。
　　月亮偷偷打一望哟,
　　红旗映红妹妹脸哦。
　　…………

　　队长在一下一下狠狠跺脚。父亲则跳着脚哭喊起来,林音姐姐——林音姐姐——他看到林音很快被一团大火整个裹住,歌声也渐渐微弱下去,直至消失,只留下山谷间的回音在久久地飘荡。

　　父亲说,亲眼看见林音惨死在李冠雄手里,他是一路哭着回到驻地的,边哭还边喊,抓住李冠雄!抓住李冠雄!

　　李冠雄肯定跑不掉。三天后就被剿匪部队抓住了,是营长亲自率部队抓住的。这个狡猾的土匪头子将巢穴安在阳朔最偏远处一个荒无人烟的山冲里。但他派出两个化装出来买桐油的兵,被剿匪部队的侦察小组抓住了。营长率领二百多名战士在俘虏的带路下，连夜奔袭李冠雄老巢，将那伙虽有近二百人但实为乌合之众的土匪队伍打个稀里哗啦，将藏在一条岩缝里的李冠雄揪了出来。

再次当了俘虏的李冠雄全无狮头岩上的威风了，始终耷拉着脑袋弓着身子像一条断了脊梁的狗。但对这个曾经在严密看守下逃脱过的家伙，丝毫大意都来不得的，因此他被关在营部驻地一间小石屋里。那石屋曾经是当地寨主关押兼拷打人的地方，石头墙石片瓦十分坚牢，屋里还栽了一根粗木柱子。李冠雄就被看守的战士用铁丝捆绑在粗木柱子上。营部当天就派人四处发通知，让十沟八寨的老乡都赶来，要召开一个最大规模的公审大会。

宣传队三分队的战士们急不可耐地等待公审大会，男兵女兵们都在向队长强烈要求，要亲自朝李冠雄开枪。队长始终铁青着脸一语不发。父亲在猜想，也许队长已经向营长提出要求了，由他亲自去开枪。

父亲是唯一没向队长提强烈要求的，他悄悄溜走了。父亲要开始他的行动，那个导致他被关禁闭还加记大过的行动。

父亲来到关押李冠雄的石屋前，他手里提了一节一尺多长、饭碗粗的竹筒。父亲很熟悉那名看守战士，打周兴明股匪时，父亲就跟在他身边。父亲说，营长要我来的，给李匪灌足稀饭，明天要开公审大会，莫先瘫成死狗样了。看守战士哼道，对这狗日的还用这么好啊！很不情愿打开了石屋的门。父亲站在门边又告诉看守战士，还有，营长要你赶紧去一趟，有重要事给你布置。父亲当时只能编出这样的谎言，这种谎言是很容易戳破的。但当时的部队里极少存在谎言，何况这是看守战士很熟悉的小战友。看守战士只是有点不放心，你一个人在这儿行吗？父亲说，铁丝捆着还怕他飞了?他取过看守战士的枪,这家伙敢动一下,我喂他子弹!何况也动不了呢!看守战士点点头,一溜小跑走了。

父亲转身走进屋子,手里拿着一个火把,站在门口说,还给你唱歌吧,你个魔鬼爱听歌咧!父亲瞪大眼睛,扯起嗓门朝天唱起来:

姐姐一张白白脸哟,
炫得太阳闭闭眼哦。
天上飘来软软风哟,
追着姐姐上前线哦。
…………

看守屋内,火光冲天。父亲一人走出看守屋。

悠悠南风

就又要讲起我们那小小县城了。小是小,韵味却足得很,古塔城墙吊脚楼,凉粉甜酒卤翅摊,你若是去了,一路看着吃着,脑壳里就有支悠悠摇摇的曲子在流。当然更悠悠摇摇的,还是船老板唱的歌。

那歌实实在在听起有味。就像一股悠悠南风拐着弯儿吹。喉嗓也好,发音吐声,像黄鳝出洞一样圆润、刺溜。光用耳朵听,你绝难相信那是个六十来岁的老头,而且穿得邋里邋遢,还是个跛子。但你如果碰见这位跛子,便又会觉出,那跛也跛得别有风采:两条腿长短倒是一致,站着看不出,走起来右腿硬硬不好弯,从后往前划着圆圈走,身子就一摇一摆。小城人自有小城人的"艺术想象力",于是有人将那划圆圈的右腿比成了"桨","船老板"的大号就这样出来了,弄得真名倒没几个人晓得。

也着实叫人佩服。一摇一摆不怕累,整天弯街深巷划着船走,肩上还驮一担箩筐。箩筐盖着盖,从一只筐里长长地伸一根秤杆出来,秤杆上还粘一片鸭毛或者鹅毛。于是,你终于听出来了,他是在吆喝:

"收毛嘞……拿了来……鸭毛鹅毛都收嘞……"

是个收毛的。

我们那地方鸭多鹅多。鸭是丝鸭，鹅是铜鹅，都是蛮好的品种。那年香港《大公报》上有张照片，满河的鹅鸭游得气势磅礴，就是县文化馆一个搞摄影的在城头南门河边拍出来的。照片都进了香港，鹅鸭不进香港就没得道理了。外贸公司便年年忙得很。但小地方人又蛮重口福，好鹅好鸭不能全给别人吃，于是办席来客家人团聚什么的，桌上摆出清炖鲜鹅汤或是血酱爆炒鸭便是经常的了。

　　吃鹅吃鸭当然就剩下毛，而这毛又是家禽羽毛中的优品，这便有了一年到头在弯街深巷摇来摆去的船老板，也就有了一年到头在弯街深巷悠悠摇摇唱歌一样的吆喝。

　　小城的人家，远远地一听那吆喝，家里有毛没毛的都要点点脑壳：船老板来了。等那一摇一摆的身影出现，有毛的用筛子端了迎上去，一脸的眯眯笑。有那妇人还一步三摇学一腔："收毛嘞……拿了来……喏，拿来了。"细伢子上学放学，时不时会在路上尖起喉咙唱一句："收毛嘞……拿了来……鸭毛鹅毛都收嘞……"唱得脑壳一伸一伸书包一跳一跳。至于西门巷的彭四婆，那故事简直有点迷信了，说是让女儿接到广州住的几年里睡不安吃不好，一口牙齿越发厉害地掉，只剩了右边两颗座牙，却又常常百药不灵地痛，硬是想回来了，捂着右边腮巴刚下车就远远听到船老板吆喝，牙齿竟然立马不痛。于是以后只要牙痛起来彭四婆就想听这吆喝，只要一听这吆喝，那苦瓜皮一样的脸就熨帖了。

　　当然，不喜欢这吆喝的也还数得出一个：莲妹子。莲妹子人跟名字一样，地道一根细细长长、白白嫩嫩的莲藕。笑起来两排牙齿整齐得石榴子一样。不过不常笑，在光明百货商店的柜台后面始终亭亭玉立，睫毛长长眼珠黑亮，很矜持、很高贵、很优雅地似望非望地面对柜台前的人们，一如尊神眼观众生。柜台面前，有人是来买东西的，也有人是来专门瞻仰她的。后者当然一色的年轻伢子，装着看商品问价钱。莲妹子慧心明察诸般邪思、心火、敬意，也就更加亭亭玉立，神情、姿态也都更显得超凡入圣了。

　　莲妹子眼睛里到底有谁呢？其实，她自己也说不清，反正是该有个谁了。既要英俊潇洒，又要有身份有学问，还要有钱的。不过这样的人突然一天真的出现在莲妹子面前，他是不是看得上莲妹子呢？这脸模子这身条子都很亮眼是无疑的了，学问是高中身份是营业员在小城也是蛮不错了，于是剩下的问题就落到爹头上，人家会不会嫌厌爹呢？

　　莲妹子的爹就是船老板。

　　你想想看，一个那样出色的妹子，身后却有个收毛的爹，而且穿得邋里邋遢，而且是个跛子，整天弯街深巷划着船，扯起颈子吆喝个不停，这怎能不让高贵女神也落一块心病？！

　　莲妹子当然就要最怕听到爹的吆喝了。

　　船老板四十来岁了才有婆娘进屋，婆娘生个女儿刚带到会走路，就一场大病躺到山坡上去了，这独生女儿自然要成宝贝。宝贝靠他收毛养大了，养得标致出色，心里自是一番骄傲得意；但宝贝现在讨厌爹收毛了，船老板只好不从女儿商店门口过路，不在女儿听得到的地方吆喝。如今时兴羽绒服装，鸭毛鹅毛一再提价，收毛的油水也已经日见丰厚起来。这好处，女儿或许也懂得的，因为每当船老板把钱给她买高级服装、高级化妆品时，便见她嘴里那石榴子一样的牙齿露出几粒来，这对船老板做父亲的心田也是一种滋润呢。

　　于是，在女儿听不到的地方，那吆喝是更加地悠悠摇摇、有滋有味了。

　　可是就有一天，船老板正吆喝得悠悠摇摇、有滋有味时，猛地一个声音从隔壁巷子里蹿起：

"哪家有鸭毛鹅毛吗——"喉咙老粗调子笔直,山上滚下块大石头一样。

船老板脑壳里打个大桩:哪一个呢?急急忙忙拐过去看,眼珠一下就鼓起了:

一件"夏の汗"、一条牛仔裤,再加一张刮瘦的脸。那不是猴子吗?!

猴子跑过来:"向你老学习了哦。"一脸刮瘦地笑。

船老板眼珠一动不动。放着邮电局职工不做来学习我?未必这弯街深巷整天串比踩单车送信松快!还喊得颈根发胀一鼻子汗!

猴子紧跟着解释了:"几十块钱没干头,不如来收毛。如今这毛越收越有收头了是吧?"

船老板晃晃脑壳,为猴子惋惜:"工作不要了?"

那薄薄嘴巴立即做出鄙薄的动作:"工作?先停薪留职。干出路了干脆辞他娘的!"还拍拍"夏の汗"。

船老板再没作声。女儿嫌爹没工作收毛失了脸,这里却有人不要工作来收毛,世事难测呢!

这猴子是莲妹子的初中同学。船老板当天回去就把这件事告诉了女儿。女儿只在鼻子里哼了一声。

没料到却带来个大威胁。猴子成了船老板的竞争对手。一连几天碰到猴子,船老板都不正眼瞧他。听着那老粗笔直山坡滚石头一样的干号,他嘴角重重往下撇,撇过后再悠悠摇摇唱一句:"收毛嘞……拿了来……鸭毛鹅毛都收嘞……"

可是没过多久船老板就发现猴子的箩筐里,那毛竟然比他的多起来。世上真出怪了,收一辈子毛的还比不上一个"夏の汗"?

猴子仍然一脸刮瘦的笑。

船老板当然就有点悻悻。终于在彭四婆那里查到原因。彭四婆门边的网眼筛里明明沾着两片鸭毛,却摇着脑壳说屋里好久没杀鸭，还用力瘪嘴巴，座牙肯定好久不痛了。船老板就说时迟那时快地一下摘过网眼筛里的两片毛来，指出这是头天才杀过鸭。彭四婆顿时就支吾起来。原来她刚才把毛卖给了猴子，因为猴子的价钱每两比他高五分。

猴子竟然抬价五分？废品公司的毛价最近也才提了五分啊。船老板不相信猴子停薪留职是来学雷锋。果然很快又叫他晓得了，猴子收的毛根本不送废品公司，他哥哥那个地区服装厂改为羽绒制品厂了，他收的毛有哥哥开车来拉到那里去，价格比废品公司高得多呢。

船老板当然不能也把毛送到那里去，他跟废品公司是老关系了不能不讲情义，那就像彭四婆一样了。

只有早出门一点，勤转游一点，抢在猴子前面把毛收了去。

这办法效果还是有。只是划船的动作节奏快了，那吆喝的节奏也跟着要快，悠悠摇摇的韵味少了蛮多。

没想猴子却又收起干号了，他用上了一台手提式收录机，搁在箩筐上热闹得很，嘣嘣嚓嚓咚咚哒哒，夹着喊天喊地的"一无所有"或者"好酒好酒"，好不招摇！船老板嘴巴撇得更厉害，这是做生意收毛呢，还是开扭屁股的舞场呢？

不过有一点不得不承认，这七响八吼的收录机倒是催得人脚杆子搬个不停的。那双猴子脚再配部这样的收录机，船老板是无论如何快不过他了。

于是收一天毛下来就有点周身发酸，一双腿软得跟泡过的面条一样。躺在床上那床板就会响到天亮，第二天出门吆喝起来便显得中气不足了。

女儿斜过眼睛来："爹，还到处串个什么啰，这么大年纪。"到底心疼爹。

船老板嗯嗯嘿嘿，仍旧出了门。串了一辈子，如今生意油水大了反倒不串了，哪能心甘？而且收一辈子毛，如今倒收不过一个毛头猴子了，这口气也无论如何咽不下呀！

猴子反倒来致敬了："哎呀船老板，你老硬是黄忠同志不服老啊！"刮瘦的脸上挤出不阴不阳的表情。

船老板横一眼过去。黄忠不黄忠还不得轻易败在你手下！

猴子挤挤眼："晓得吗，毛价又要涨了。"

又要涨了？船老板眯起眼。这倒是个好消息。脚杆子悄悄抖了抖。

"我倒是不想这样串来串去了。"猴子又挤挤眼。还扯扯"夏の汗"。

船老板眉头一跳，立即警惕起来。哪有毛价涨了倒又不想串了？休想鬼话蒙人！

没想到猴子真的不见了。

船老板好生奇怪，这猴子还确实有点摸不透哩。不过没了那七响八吼的收录机，没了那刮瘦的脸，从耳朵到心里都舒坦多了。船老板的吆喝又悠悠摇摇、有滋有味起来。想起这越来越大的油水尽自己饱饱地捞，那吆喝里还透了丝丝喜气。

然而这松快只保持一两天，忽地便不知从哪里冒出好些个收毛的来，男的女的、老的少的都有，全都驮一担有盖的箩筐，从一只筐里长长地伸一根秤杆出来，有的喊："哎——有毛没有啊！我这里好价钱啊——"有的喊："喂喂喂——快快拿毛来哇！老少无欺哇——"有的喊："收毛收毛收毛啦——拿来拿来拿来哟——"还有吹个哨子的："嘟嘟——鸭毛鹅毛！嘟嘟——鸭毛鹅毛！"那场合就跟打仗一样。

船老板足足愣了半晌才回过神来，划船也就更加紧急。

两条巷子没串完，船老板出气粗起来。脚杆子受苦不说，更恼火的是喉咙，这急慌慌的，那调子怎么也跟不上节拍啊。可箩筐里，一层薄薄的毛躺在里头可怜得很。一番紧张考虑，船老板终于决定：提价五分。

于是，吆喝立刻修改了："收毛嘞！拿了来！一两毛加五分嘞！"

调子雄赳赳的。心里却辣辣地疼。

等到晓得猴子在家开了个"收毛站"，那帮打仗的全是他雇请的时，这疼更加辣辣的了。难怪猴子不想串，要捞大油水了哇！

船老板咬了牙，这油水无论如何不能让猴子全捞去。一连几天船老板连中饭都顾不上吃了，弯街深巷急急地串，吆喝也越发地激动。一急就冒出这样一句吆喝："喂喂喂——哪家屋里还有鸭毛鹅毛吗？"声音一出自己也惊一跳，这吆喝不成他们的了？脑壳里又一转，管他呢，他们收毛还不是学我？于是干脆将吆喝彻底改了过来了。

这天，船老板正要从彭四婆屋后的巷子过，猛地墙上伸个脑壳出来，表情和声音都急急火火的："船老板，我娘喊你来收毛嘞！"是彭四婆的仔。船老板脚下一顿脑壳便打个桩，自从看穿了彭四婆，再不对她抱希望的了，何况她家门口正在修路难走得很。

船老板好不艰难地穿过那稀稀烂烂的路，一眼看到彭四婆倚在门口一把椅子里，两只手一齐捂着右边腮巴。

"聚了好多毛了……"彭四婆哼哼唧唧吐词不清，还哀怨地瞟船老板一眼。

船老板顿时感动起来。门边那只网眼筛里满满一大筛毛，赶紧就嘿嘿笑着去端毛。

"呜呜呜！"彭四婆用力晃着脑壳，苦瓜皮一样的脸愤怒起来。

船老板眨巴几下眼，木住了。

"我娘说过了,要请你退转去,像往日收毛一样吆喝着进来。"那蛮孝顺的仔就在一边解释,又加一句,"我娘喜欢听你先前那样吆喝呢。"

"那要得,那要得。"船老板赶紧又摇摇摆摆走着稀烂的路回到巷子口,清一清喉咙,吆喝起来:

"收毛嘞……拿了来……鸭毛鹅毛都收嘞……"

自己也觉得神爽气足。虽然脚下好不艰难,但凭那满满一筛毛是该多喊几遍的。

彭四婆双手从右边腮巴放下来了,苦瓜皮一样的脸一片清爽。

毛足足七两。还不要加价钱。彭四婆还说,以后有毛还留着。只是叮嘱船老板把过去的吆喝彻底恢复起来。

彻底恢复起来?船老板离开好远了才晃晃脑壳,收你这七两毛我就够了?看看箩筐,赶紧又扯起颈子喊起来:"喂喂喂!哪家屋里还有鸭毛鹅毛吗——"

然而又有反对这吆喝的了。不是别人,还是自己的女儿莲妹子。

莲妹子那双睫毛长长、珠子黑黑的眼睛大大瞪起来:"爹,你是在催毛还是在讨毛?喊得那样起劲,生怕人家不晓得你是个收毛的!"

船老板这才意识到只顾跟人家争,忘了在女儿听得到的范围内应该悄悄的了。

不过到底是女儿,瞪过眼睛后又从网兜里拽一对猪蹄出来。船老板眼里差点要湿,女儿是看他辛苦给他补脚劲哩。

莲妹子也确实是可怜爹太辛苦了。眼见老爹收毛收得一天比一天少,人一天比一天瘦,莲妹子深深叹一口气。

就在莲妹子叹过气几天后,船老板跟人家抢着进"好有味餐馆"去收毛,在湿漉漉、滑溜溜的厨房里摔一跤扭伤腰了。医生说至少一个月下不得床，至少一年走不得远路。

莲妹子又是熬药又是做饭，更加叹一口气又吁一口气，那白白嫩嫩的脸就越发地惹人怜爱起来。船老板望着女儿这张脸好不心疼，只怪自己不听女儿话连累女儿了。

于是就恨"好有味"的湿地板，又恨那打仗一样跟他抢毛的人，最后恨起猴子来。

恨也好眼红也好都没用了。船老板只能久久地摇脑壳。

医生的话也实在准。船老板真的一个月下不了床，真的一年走不了远路。不愿悠闲，只得悠年。

这一年，他每天吃饭，喝茶，看电视，顶多还一手撑着腰慢慢出去看看风景，散散闷。小城在他的悠闲中显出了变化：那老大一坨城墙石撬下好多去砌了贸易大楼的门面了；那吊脚楼也正在拆除要建一个长长的沿河商场了；古塔虽还照样耸立，但脚下立起一家造纸厂了；一座高高烟筒与古塔比势，原来肃穆威武的古塔已不起眼了。

看着小城的变化，船老板突然一下意识到自己也老了。于是一番深深嗟叹，觉得自己这一辈子也累到头了，存折上的钱足够女儿嫁妆小小热闹的了。可这女儿的嫁妆哪天才能上场呢？女儿大事没解决，心里就总也放不下啊。

女儿像晓得爹的心思。这天，莲妹子瞟瞟爹，先是说猴子如今穿上进口西装了，一身雪白笔挺帅气得很。船老板只唔一声，"夏の汗"换西装也还是一张刮瘦的脸。莲妹子接着说那脸也胖好多了。船老板又唔一声。油水捞足了哪个不想胖。莲妹子继而说那人也确实厉害，收毛站改"SXZH 羽毛公司"了。船老板脑壳里打个桩，那是个什么东西？莲妹子紧接着解释就是"上下纵横羽毛公司"。"SXZH"是"上下纵横"四个字汉语拼音的第一个字母，主要取个洋味。船老板就撇撇嘴，你猴子也干脆取个洋味名吧。莲妹子又解释"上下纵横",说猴子的收毛队伍老大了,已经发展到农村和邻县,连废品公司收的毛都卖给他了,他的计划是要把周围几个县的毛都收拢来。他如今的销路是深圳一家外商办的羽绒制品厂了呢。船老板也有点惊奇,居然连哥哥的厂里都不送了。莲妹子说他哥哥都辞职给他开车运货了呢。说完这些,莲妹子瞟瞟船老板,最后才透露重要信息:猴子还问她愿去给他当秘书吗,月薪三百元。

船老板到这时才猛地绷起一根筋,眼睛盯住女儿:"当秘书?怕是想打你主意了吧?"

真是一针见血。莲妹子脸上立即娇羞起来。

船老板赶紧抓住女儿的手恍惚就如深水救人:"你,你也对他有意思了?"

莲妹子重重摔开他的手,脚一跺:"哪个有意思嘛,哪个有意思嘛!"细腰一扭,还想说什么,脸却越发红得西红柿一样,再跺一脚,挣脱他的手跑出去了。

船老板望着门外,痛心疾首,最后重重叹一口气,走到床边,仰面朝天倒下。倒下老半天又突然爬起来,急急忙忙走出门去。

怕就怕女儿跑到猴子身边去了!

没想到,船老板刚刚走出门口,女儿回来了。还带来个高高挑挑、头发老长的男人,三十多岁。莲妹子脸上已经没有娇羞恼火,全是兴奋的颜色,眼里放光:

"爹,这位是地区太空歌舞团的著名歌星洪伟先生。"

著名歌星?船老板脑壳里正要打个桩,那著名歌星扑过来了,握住船老板手拼命摇:"可找到了可找到了!哎呀呀呀,真是踏破铁鞋无觅处,得来全不费功夫哪。"

船老板好不容易挣脱手把著名歌星让进屋里,摇着发酸的手腕，仔细想：这位先生究竟要"得"自己什么、"得"到自己什么啦？

莲妹子一边忙着给著名歌星搬凳倒茶，一边忙着向爹说明事由。原来，刚才她离开家跑到古塔下独自坐着，这位洪伟先生来了，在她面前连连摇脑壳，说古塔的韵致全给破坏了，全给破坏了，好可惜好可惜呢。莲妹子盯住他，猛地记起去年地区太空歌舞团来小城演出，那个唱"一无所有"唱得满场狂吼的好像就是他，一问，果然是。莲妹子顿时激动了，能与著名歌星面面相对，双影并立，这实在是想也不敢想的事情。莲妹子心灵嘴巧，赶紧问他今晚是否演出？能否弄张票让她再陶醉一番。仰慕之情，溢于言表。洪伟先生却摇摇脑壳，说：这次是来寻找一样东西，没想到，那东西没得了。莲妹子忙问他寻什么？洪伟先生说，他从刘欢唱的《磨刀老头》受到启发，想起在这里听过的一种吆喝，如果写进歌里，一定比刘欢更叫彩，说着还模模糊糊学着哼了一下那吆喝。莲妹子一听就拍手叫起来，告诉他，你算运气好，那吆喝声就是她爹的呢！于是洪伟先生喜出望外跟她来了。

洪伟先生脸上还在喜出望外，坐在船老板对面，欣然问道："老伯伯你听过刘欢的《磨刀老头》吗？"

"听过的听过的。电视里常常有呢。"莲妹子抢着回答。

洪伟先生唱一句："磨剪子嘞——抢菜刀——"

船老板一拍脑壳："这个呀，听过听过。就是那个'不知道不知道'唱的嘛。"

洪伟先生器宇轩昂，侃侃而淡："这歌好就好在把西方摇滚和中国民间文化糅在了一起。但缺点是摇滚味太浓了。现在粗犷狂烈的歌太多了。我要出个新，把你的吆喝写成歌，前头节奏狂烈欢快，到后面猛地打住，来个悠扬舒缓的吆喝，像悠悠南风拐着弯儿吹……嗨！这次省里的'芙蓉杯'通俗歌手大奖赛，我一定能拿大奖上电视！"洪伟先生风度翩翩，说着，一脑壳长发乱甩。

莲妹子把茶杯捧到他手里，满脸钦慕。

船老板连连点着脑壳。这番话听不大懂。但人家看重他吆喝，无论如何是个高兴事，还要写进歌里去更叫人高兴了。他站起来："你听着，我这就给你吆喝。"

"慢慢，我得录下来。"洪伟先生赶紧从衣袋里掏出个袖珍录音机。

船老板咳咳喉嗓，想了想又去寻箩筐。把味道吆喝足就得什么都配起来才行。

莲妹子手忙脚乱帮爹的忙。

箩筐驮在肩上，船老板又咳咳喉嗓，在堂屋里一摇一摆转着圈走起来，嘴里亮亮地吆喝："收毛嘞……拿了来……鸭毛鹅毛都收嘞……"

第二次看见洪伟先生是在电视里了。

船老板夜里到街上卤翅摊上买了两只大鹅翅回来，正在一路走一路嗅着大鹅翅觉得它们不如过去香了，突然听得一巷子的电视机都在唱歌。他朝旁边一间屋里瞥一眼，脚一顿停住了。那不是洪伟先生吗？一身青丝绸衣服亮得晃眼，对襟布纽扣上衣敞开着，唱得满脑壳长发飞扬。

"……都舍得穿了舍得吃喝，那鸭毛鹅毛是越来越多，我欢欢地走来悠悠地吆喝嘞：收毛嘞……拿了来……鸭毛鹅毛都收嘞……"

船老板差一点就叫起来。难怪是著名歌星。唱得太好了！后面这吆喝跟他的几乎一模一样，像股悠悠南风拐着弯儿吹。他赶紧走到门边，睁眼盯着洪伟先生。周身热水泡着一样。

洪伟先生还在唱："……这弯街深巷像一盘磁带，把城市的声音都录成了歌,我听着自己的吆喝好有味嘞……"

当然有味!船老板心里喝一声,放开喉咙就和上去:"收毛嘞……拿了来……鸭毛鹅毛都收嘞……"

一屋子看电视的人都惊一跳,全扭过脑壳望他。突然又爆发一片掌声欢呼声出来。

《收毛歌》很快响彻小城。尤其那些小哥哥爱唱得很。船老板实在兴奋,脸上一天到晚红通通的。

莲妹子也兴奋,告诉爹洪伟先生还给她来了信,说他的歌得了一等奖有她一份功劳也有她爹一份功劳,还一定请她代问她爹好。

船老板望着女儿艳若桃花的脸,连连点脑壳。他不晓得洪伟先生在信里还对女儿说些什么。不过那天洪伟先生还是蛮爱对女儿多看几眼的。虽然他已经晓得洪伟先生离过婚,又比女儿大十多岁,但著名歌星总比那猴子强上天了!

一想起猴子,船老板又要打冷笑。听女儿说,他那"SXZH"门口的大音箱里也在唱《收毛歌》呢。

他感到得意,得意之余,却又愤然:拿我的吆喝装门面?这可不行,我一定要干涉一下。

猴子正在门口一身雪白笔挺地站着,指挥人往门里搬一个个纸箱。那纸箱上的图案是手提式收录机。

船老板不晓得猴子又做什么生意了。不管他,挺着胸脯摇过去,指着门口挂的大音箱:"这歌你不能放啊!"

"为什么?"猴子客气地问。

"是哪个的吆喝嘛?"船老板昂着脑壳。那音箱里正好在吆喝。

"哦——"猴子笑了,"洪伟唱《收毛歌》呀。"

"是我的吆喝!"船老板喉咙粗了,"我的吆喝不给你装门面的！"

"嚄？你什么时候钻进磁带里去了？"猴子喉咙也粗起来，瞪起了眼。

莲妹子及时赶到，拉了爹就走："爹，跟这号人争什么?!"还狠狠斜猴子一眼。

船老板仍然忿忿："我的吆喝能给他？"

莲妹子长长地咆一声，摆了个蛮好的道理："爹你应该这样看问题，这正说明人家服了你，拿你做光彩嘛。"

船老板想一想，这还差不多。脸上才好看一些。

第二天，船老板脸上更加好看了。

门口有支《收毛歌》在唱，将他的吆喝一路悠悠摇摇唱过去。他赶紧出门去。一个收毛小伙子在箩盖上搁了台手提式收录机。

船老板喊起来："喂——收毛的小老弟。"

那小伙子赶紧转过身子："有毛？"急急走回来。

船老板指指那收录机："猴子给的？"

小伙子睁起眼："猴子有这份大方给个百多元的收录机？那人做生意是个猴屁精呢，从厂里搞了批便宜货，鼓动收毛的买，说是'一曲收毛歌，收毛多又多'。买的还真不少，都卖到邻县去了呢。"

船老板盯着收录机摇脑壳："猴屁精真是个猴屁精！"

"不过买也买得，优惠价外搭一盒《收毛歌》磁带。一路放着人又轻松，收毛效果又好又有味呢。"

莲妹子出门上班去，骄傲地向小伙子插一句："晓得吗，这歌是洪伟先生根据我爹的吆喝写的。他还给我来了信要我向爹多多致谢啦！"

"是——嘛！"小伙子眼睛嘴巴全惊异起来，"我从乡下来难怪不晓得哇。这么讲你老也是收毛的了？怎不见你老呢？"

"在家歇息歇息。就要出去的了。"船老板微微点点下巴，很有风度。

当然要出去的了。哪怕腰杆子疼。哪怕只收到彭四婆一家的毛。

箩筐洗得竹青，扁担抹得溜光，秤杆擦得铮亮，连邋里邋遢的衣服也彻底换过。船老板意气风发一摇一摆出了门。脑壳一昂，嘴巴一张，一股气就悠悠摇摇冲出喉咙：

"收毛嘞……拿了来……鸭毛鹅毛都收嘞……"

味　道

　　最有味道是唱两句。当然要流行。但如今流行歌太多,唱得也太怪,赵同弄不好就"走了"或"串了"。比如"你如此如此如此的冷漠",口一张就成了"你骡子骡子骡子的拉磨",还比如"今夜你会不会来",一家伙就连上"你过得比我好"。等等,等等。

　　所以三巴使劲臭赵同:"你那嘴巴出流行歌,夜壶嘴巴出茅台酒了。"

　　赵同气个半死,脖颈一扯,嘶起喉咙吼两句:"阿里——,阿里巴巴!阿里巴巴是个快乐的青年——"有板有韵有气势,两条麻秆腿还一抖一抖。

　　三巴就挺肚子眯眼睛,伸一根手指很风度地搔脑门上几根头发,嗯一声:"这倒出了点味道。"

　　赵同就抱起胳膊,久久地只抖一条腿。这两句是他最出味道的,而且是港味。因此不管流行什么,他最爱唱的还是这两句。风趣乐观,热烈活泼,朗朗上口,气壮山河。"走"不了也"串"不了。稍稍遗憾的是,以他这年龄唱"快乐的青年"已经不很妥当。于是动一个字,改成"快乐的中年"。

　　三巴就钻空子了:"你这中年那么快乐?"斜着眼看他,嘴角还荡一丝笑。

赵同挺挺鸡脯似的胸："自由自在，当然快乐！"

心里却要受一点点挫。四十了，床上还是油腻腻一个独枕头，一到夜里就快乐不起来。

所以心里也要承认，青年更快乐。

赵同青年时候就爱唱的。早晨八九点钟的太阳记性特好，加上流行的也不像今天这样杂这样多，家喻户晓的样板戏就八个，于是"我家的表叔数不清""朝霞映在阳澄湖上""越是艰险越向前"，等等，等等，都能从头到尾唱得像根长长豆角饱饱满满顺顺溜溜不打磕巴。当然最出味道还是"我家的表叔数不清"，丁字步，麻花腰，左手轻捏衣襟角，右手竖个兰花指，头稍稍歪一点，尤其脑后吊一根长长草绳，就真正成个铁梅了。

只是水妹子一个劲笑，笑得蹲到地上. 还揉肚子。不过揉肚子实在揉得好看，一副娇媚的样子，粉嫩嫩脸更加成了朵桃花。

自然赵同就专门去水妹子家里唱，专门唱"我家的表叔数不清"。

三巴下乡也专门去水妹子家里。三巴插队在郊区，回来太方便。但三巴唱不得，嘴一张七个音扭作一堆挤出来。赵同臭他是张沙锅嘴，什么好东西都在那里面搅得一塌糊涂了。三巴就只好敲板凳，一下一下，给赵同打板。眼睛却不看赵同，看水妹子。

赵同当然洞若观火，虽然全身心要进入角色，但冷不丁就打住，喝三巴一声："板打错了！"

三巴一个激灵，眼睛归了位，反问赵同："错了？"很不服气，把赵同停下的那一句自己唱了一遍，饭勺柄在板凳上重重地敲。

水妹子已经不是揉肚子，干脆伏到了椅子上，娇喘吁吁："求，求求你三巴……莫，莫唱了……"

赵同脸上就露出了满足的神情，你三巴能跟我比吗？！

三巴脸上也露出了满足,你赵同能让她笑成这副样吗?!

两双眼睛就都看着水妹子了。

水妹子也实在水,脸蛋胳膊肯定掐不得,那带花蒂的嫩生生白瓜都怕跟她比。赵同常常想,莫不是她爹老子格外讲卫生,才养出这号水气灵灵精精致致的女儿?

水妹子的爹老子讲卫生确实顶了头,吃豆芽菜都要掐掉须根。有回他老婆炒菜打个喷嚏,他硬把那锅菜倒了。老婆不服:"哟嚯,卫生博士样的!在床上跟我打啵,没吃了我的口水?"他说:"跟你打一个啵,我要装着上茅房去漱口半小时呢!"老婆彻底愤怒了,从此再不准他打啵。他无可奈何,而且对"卫生博士"这个头衔也有点悻悻然。如今"博士",差不多都要批判呢。

但老婆从此炒菜也只能服从"博士制度"了,用个大白口罩捂起嘴来。老婆咕咕噜噜:"要把人憋死呢。"卫生博士说:"你炒半小时菜就憋死了?我蹲一小时茅房也没憋死嘛!"他蹲茅房也捂口罩的。为了蹲茅房捂口罩,还让水妹子重重"冲"了他一句。那是闹肚子,他急急冲进茅房,才想起忘了口罩,偏偏老婆买菜去了,只好喊水妹子。水妹子到底是个大姑娘了,红着脸,用一根晾衣的细竹竿挑了口罩,从茅房窗口送进去,重重"冲"他一句:"真端起博士架子了哩,一次没口罩也不行哩。"他在茅房里捂上口罩大声说:"不是你妈炒菜,一次没口罩还可以闭紧嘴。这茅房,没口罩就蹲不下去啊!"

问题是有时捂口罩也蹲不下去了。茅房经常好久不淘一次,阵阵恶臭,再厚的口罩也挡不住。

原因在环管站。北京淘厕所的劳动模范时传祥都打倒了嘛。

卫生博士就骂赵同:"跳猴子!白吃饭!"赵同是环管站的,负责这一片茅房。

当然是背后骂,当面骂不得。工人阶级哩。对工人阶级最好水妹子出面。

于是夜里赵同唱够"铁梅"了,水妹子一把拉住他手臂:"赵同哎,去看看我家茅房,我都不敢进去哩。"

赵同热血沸腾,会上喊口号一样:"开个夜班!"挽起袖子真的开夜班,还叫上三巴一起干。三巴劲头远不如他足,因为水妹子没拉三巴手臂。

自然干完活以后的两碗面条分量也不同,三巴一平碗,赵同一尖碗,质量倒一样,都是几朵油星子。三巴轻声说是卫生面。

后来又吃了几回卫生面。吃得赵同一回比一回有激情。终于在一次将空碗递给水妹子时,趁机塞一张字条给她。

那字条写得很满:

> 最高指示:看一个青年是不是革命的,拿什么做标准呢?拿什么去辨别他呢?只有一个标准,这就是看他愿意不愿意,并且实行不实行和广大的工农群众结合在一块。
>
> 姜水姣同志,让我们结成最最亲密的革命战友吧!

水妹子看完字条脸红一红,将字条递给卫生博士爹。卫生博士爹脸无所动,进卧室拿出一张照片来,先翻过背面,背面写着:

> 最高指示:革命委员会好!
> 赠给最最亲密的战友姜水姣同志。

再翻过背面来,是一个很气宇轩昂的男人,站在县革命委员会的招牌下。那男人赵同认得,听过他作报告,是县革委会什么办的主任呢。

赵同眼珠都转不动了。

三巴脸上就有不明不白的笑。

这以后,赵同再不去水妹子家唱"铁梅",那长长草绳盘进灶膛烧了火。

而且也再不去水妹子家淘茅房了。鼻子里还冷笑,想象着水妹子和那卫生博士爹不敢进茅房的样子。

没想到水妹子和卫生博士爹照样敢进茅房。原来"抓革命促生产"把农村促得很热闹了,农民挑粪桶进城的多起来。

后来,连三巴也挑着粪桶进了水妹子家的茅房。

赵同就骂三巴:"你个甫志高!"这骂够厉害的。人人都晓得《江姐》里头那个叛徒。

三巴却歪着脑壳:"当下乡知青就要挣工分呀!哪像你和水妹子,有福气待在城里。"

赵同就撇一下嘴。自己的福气是搭帮"独子",水妹子的福气是搭帮那什么办的主任,开后门弄的"病留"呢。

那主任也实在厉害,现在又管招工了。三巴分明是要巴结水妹子。

后来,三巴果然招了工。在一家做毛刷子的小工厂煮猪毛。

后来,水妹子结了婚。而且从一家服装厂调到二轻局坐办公室。

赵同彻底地泄了气。

水妹子家的茅房也只好去了。不去不行。环管站又订起制度来,还发张监督表,淘一家茅房就让主人在表上签个字。赵同不敢马虎。什么都得看形势,全国形势都有点不同过去了,不能想玩就玩想闹就闹。当然,样板戏还唱。

幸亏还唱"我家的表叔数不清",挑担粪桶唱两句,心里多少还有点味道。

然而卫生博士眯起眼睛来:"数不清表叔还数不清茅房啊?这里才淘过嘛。"腔调刻薄得很。卫生博士越来越敢刻薄人,因为水妹子的男人已经当上县革委会副主任了。

不过茅房是真的才淘过。干干净净,地上还撒一层石灰。再去别家的茅房,都一样。肯定还是郊区农民的缘故。生产队买肥料肯出价,农民又比赵同干活干净,谁还稀罕赵同呢!

赵同只好常常挨领导训,训他出工不早、干活不勤、吊儿郎当,训得他蔫蔫的,像根腌过的黄瓜。

唱是再不想唱了。还怪爹老子,为什么爹老子要是个淘粪的,害得儿子来接班呢!

连三巴在他面前也神气起来。三巴当上生产班长了,管五个人。上班时就双手插腰先讲一通生产形势生产任务革命意义,然后伸一只手一个个点人:你,干什么什么!你,干什么什么!

赵同羡慕得要命,又后悔得要命。当初不当这独子,像三巴一样当一回下乡知青,说不定现在也能伸一只手一个个点人了。

赵同当然没想到,他其实也能一个个点人的。

那是茅房都归环管站管起来的时候。城关镇还专门出一张公告:支援农业学大寨,环管站无偿供肥给农村。

这政策实在要得,农民再不肯花钱淘茅房了。

大家就围着赵同:

"赵老弟哎,去我家吧。"

"赵同哥哎,先去我家啰。"

"赵叔叔哎,我家茅房都满了哩。"

称呼什么的都有,一色的笑脸,还有递烟的。

赵同就双手插腰先讲一通,环管站工作的重要,支援农业学大寨的意义,还加上"四人帮"对环管站的破坏及其流毒必须肃清。最后伸一只手一个个点人:你家,今天上午;你家,今天下午;你家,明天;你家,后天……

单单不点卫生博士。

连卫生博士的烟也不接,让他可怜巴巴站一边。心里还冷笑:"你神气呀!"

卫生博士已经神气不起来。水妹子的男人栽下来了。水妹子也回服装厂去了。

赵同很高兴,想起该唱两句。当然不唱样板戏,样板戏已经不流行。

于是光哼哼,一句一句试。

"军嗯嗯港之夜——静嗯嗯悄悄嗷——"不行,太软,搓油条一样。

"甜蜜的事业甜蜜的事业无限好啰喂——"也不行,绵是不绵了,但舌头有点打绊,简直绕口令。

"池塘边——的榕树——上知了在轻、轻叫着夏呀天——"还是不行,节拍老套不准,编这曲的肯定一边哼一边嚼牛皮糖。

赵同快要烦躁了。猛地想起《霍元甲》,这个好哇!

"昏——睡!百年——!国人渐!已!醒——"放开喉咙,雄赳赳的。而且粤语风格,"百"是"八","醒"是"生"。赵同觉得电视里也就唱出这个味。

但有人在轻轻拉他手臂。扭过脑壳,是水妹子。

"我家茅房进去不得了。"水妹子低声说,一双眼睛怯怯地望着他。

"你家茅房?你家茅房在大机关里呀!"赵同歪着脑壳。

水妹子眼红一红,不作声了。

赵同不好再歪脑壳。水妹子眼睛红得太让人怜。就挑着粪桶跟水妹子走。

卫生博士殷勤得很,已经把面条先煮好。而且不是卫生面,浮着几片煎过油的肥肉渣子。赵同不吃。茅房却淘得干干净净,还撒一层石灰。最后喝了水妹子端上的一杯糖茶。

这糖茶很久以后还在心里甜。原来水妹子那男人"癌"掉了,她又搬回来住了。

赵同就常常去水妹子家淘茅房，再不要水妹子来求。水妹子也就每次向他笑，抿着嘴巴笑。赵同不由得要想起她过去的笑样子来，心里感慨，难怪有支歌要唱"一年又一年"。连水妹子的笑都变了。

不过好像也只笑变了，人还是那样水，脸蛋胳膊仍然水得掐不得。虽然眼角添了几条细细皱纹，不笑看不出来。

赵同有点欢喜，很感谢那个"癌"掉的人。

可是又发现情况，三巴也往水妹子家跑了。今天送个刷灶台的大刷子，明天送个刷碗的小刷子，一色猪鬃毛做的，质量不错。卫生博士连连点脑壳。

赵同皱起眉来。完全是醉翁之意，醉翁之意！他决心把三巴压下去。尽管三巴当上什么车间主任了，也不过管几十个人。他赵同管二百来人家咧！

于是专门去水妹子家门口做安排。先双手插腰讲一通，全是关于服从环卫管理，促进"四化"建设的，然后伸一只手一家一家点，喉咙格外粗。点完之后进水妹子家去，看到三巴微微仰一下脸，再微微一笑："你好。"半伸着臂去握手，完全一副电影里首长的样子。

三巴也微微笑，也半伸臂，握着他的手还摇两下，然后拖着腔："怎么，粪桶不挑进来？""粪桶"两个字格外强调。

赵同当然要恼火，明明嘲笑他的意思呀。幸好水妹子端上茶来，连声说"辛苦了辛苦了"。而且那茶又是甜的。而且眼睛看他明显比看三巴多。

应该是胜利了。

赵同一连几天都在兴奋，动不动就要"昏睡百年国人渐已醒"。没想到突然背后一声喝："你醒个屁！"车过身子去，又是三巴。

三巴嘴角荡一丝笑，冷冷甩一句过来："以为水妹子看上你了?"

赵同不立即作答。轻轻咳一声,然后抖着一条腿,反问:"看上你了?"三巴摆一下脑壳:"我没得文凭。"声调有点酸。但很快又重重甩一句过来:"你有文凭吗?"

赵同不抖腿了,眨巴着眼。他只有高中文凭,跟三巴一样。但眼下人们说的文凭,都是大学的。

三巴嘴角那一丝笑荡得更厉害了。"人家定下啰,比你我两个工人阶级都强,知识分子咧。"

赵同有点木。"知识分子?"嘴里喃喃着。

"也不看看形势,还陶醉得很嘞。昏睡你的吧!"三巴一摇一晃走了。

赵同站得树桩子一样。

果然,水妹子很快又走了。到知识分子家去了。

赵同再没心思唱,也再没心思去卫生博士家淘茅房。

卫生博士也再不来求他。却让那个知识分子写了篇稿子,在县广播站广播了。

赵同几乎让领导训晕了。还扣了一个月奖金。还要他向卫生博士道歉。

扣了奖金并不很气,赵同到底是个男子汉;要向卫生博士道歉就气了。于是挨着不肯去。

倒是水妹子来了。水妹子先向他道歉,说那稿子她起初不晓得,说给他造成一定损失心里很不安,说他当环卫工人很辛苦她表示由衷的敬意。

赵同就哼一声,说:"向知识分子表示由衷敬意去吧。"

水妹子脸红一红,一会儿,又说:"其实,你也可以成为知识分子的。你高中毕业嘛。我这位只初中底子,也拿到大学文凭哩。"

赵同没吭声了。我也去当知识分子?他感到好笑。

水妹子很诚恳地望着他,说:"其实,你很有才华的呢。先前唱样板戏,你比别人都唱得好嘛。"

赵同仍旧没吭声。那是唱样板戏。如今唱流行歌,就唱不过别人了,除了三巴。

水妹子还在说下去,已经来了点激情:"要看形势,赶潮流,要不落在时代后头了。如今大家都弄文凭,你就没想去努把力?你就真甘心挑一辈子粪桶?"

赵同大睁着眼。从来没见水妹子这样有激情这样会说话。也许是该试一试呢。尽管水妹子开头还向他挑粪桶表示由衷敬意,但细想想,还真不甘心挑一辈子粪桶!

他真的就来了决心。

问题是高中时候喊口号太多,好像没学下什么。

亏得水妹子不时给他打气,还向他推荐了一家杂志的刊授大学,还借给他一堆七七八八的书,说是从她那位知识分子的书柜里借出来的。

赵同发誓要卧薪尝胆,要悬梁刺股。夜里啃书啃到实在撑不开眼皮,清早跑到河滩上大声背书;挑着粪桶街上走,衣袋里也露一本书出来,嘴里还念念有词。唱是彻底丢开了。

别人的眼光便各种各样,有好奇有惊异有钦佩有赞许。在这各种各样眼光里,赵同不觉得就把脑壳微微偏起来。他认为自己已经在向知识分子转化了。

只有三巴的眼光特别,毛毛刺刺。那分明的是叽嘲。赵同毕竟向知识分子转化了,得有风度,便很宽容地笑一笑,再反过来劝三巴:"你也该努把力咧,要看形势,赶潮流,不能落在时代后头咧……"然后给三巴分析今天的形势,今天的时代,有条有理,一二三四。

三巴就很恭敬地站着,听;听完了,很恭敬地点脑壳:"对,对,要看形势,赶潮流。"

赵同说："跟我一起读这'刊授'吧，要借资料吗？"

三巴很感激，但又摇脸："不要不要。我不想弄文凭。"

赵同挑起眉，盯着三巴。他觉得自己白说了。"那，那你就煮一辈子猪毛？"他气呼呼起来，顾不得风度。

三巴说："也不想煮一辈子猪毛。"然后伸手不停地搔脑门，一只眼眯起来。

赵同睁着眼，久久地看三巴那脑门。那脑门头发比过去明显少了。怕是鬼名堂在脑门里装得太多吧。于是问一句："那你到底想怎么办？"

三巴耸耸肩，撮着嘴唱了句流行歌："我的心中——，早已有个他——，噢——"仍然是七个音扭作一堆。

赵同望着三巴一摇一晃的背影，久久地摇脑壳，叹气。

他决心拿到文凭，亮到三巴眼皮底下去！

就更加地发愤起来。淘茅房都念念有词了。

连卫生博士也朝他翘拇指，说："不错，不错，争取考个博士出国去！"这话传开了，就都朝他喊起"博士"来。赵同脸上不动，心却有点飘飘的。

三巴背后却说："是不错，一条小街还出两个博士咧。"又说，"干脆，我也博士一下。"他果真"博士"起来，不干那车间主任了，开家小小眼镜店，亮个招牌："博士伦，OK！"

赵同心里冷笑。泥鳅钻泥眼，壁虎钻壁眼。那号角色只要得那种名堂。尤其当工商所常常查出"博士伦"是假货时，赵同的冷笑就漫到脸上来了。

但三巴也赖了皮，照样"博士伦"，照样"OK"，照样一天比一天赚钱多。那肚子一天比一天大了，脑门一天比一天秃了。

有时还朝路过的赵同"OK"一声，扯着喉咙："博士，文凭到手了吧，让我开开眼界！"

赵同鼻孔里的气就粗起来。文凭没拿到。那家办刊大的什么杂志社倒了，说是销路不好。赵同阴着脸去找水妹子，水妹子脸比他还阴，原来，水妹子那位知识分子，就是那家杂志社的。

赵同一气之下将那些七七八八的书全烧了。还狠狠告诉水妹子他把书烧了。水妹子低着眼，说："烧了就烧了吧，人家还把文凭都烧了呢。"原来这些年文凭印得太多，好多文凭国家不承认。

赵同心里倒又平静下来。人家弄到文凭都烧了，自己没弄到文凭也没亏什么。只是笑自己太傻，还卧薪尝胆呢，还悬梁刺股呢。放着自由自在不要，去熬那份苦！

于是觉得还是这日子好。

而且设备也换了新，再不挑粪桶大街小巷串，拖一辆造型不错的圆桶车了。

赵同有点兴奋，拖着车吆喝："闪开闪开，轿车来了！"没有不敢闪开的，再拥挤的街道也得给他让出路来。

卫生博士又朝他跷拇指："不错，不错，是有轿车的派头呢。"这话又传开去，于是又都叫他"轿车"了。

赵同很满意，便也更加对卫生博士有好感，更加将他家的茅房淘得干干净净。卫生博士也很满意，连连说：一定"要让广播站表扬你！要让广播站表扬你！"卫生博士不晓得，广播站其实改称广播电台了。

但广播电台真的表扬了赵同。表扬他全心全意为人民服务，踏踏实实干好本职工作。

是卫生博士亲自写的稿。听说那个知识分子不肯再帮他写了。赵同稍稍有点遗憾，要是知识分子写，肯定表扬得更动人。

然而领导已经欢喜得很，把赵同叫去，足足表扬了一上午，说如今就缺少这种踏踏实实的精神。说这样踏踏实实下去是大有前途的。说环卫工作正在发展，不久的将来人力粪车要换成汽车，汽车就由赵同来开。

最后，领导发给他五十元奖金。赵同实在激动。揣着五十元奖金跑到商店，买了一件T恤，胸口还有一溜外文字母，当然是中国人自己印的，要不四十元钱买不到。他当即就穿上，将鸡脯似的胸挺起来。四十元钱的衣服是头一回穿呢，为了轿车的派头。

然后跑到三巴的"博士伦"，大声说："领导发给我五十元奖金！"

三巴拼命在脸上作出惊异："五十元？啧啧！"又补一句，"抵得我卖半天眼镜了！"

赵同皱皱眉，心里说："你那是什么钱！我这是什么钱！"又递上十元钱去："还剩下十元，买副好点的太阳镜！"

三巴又拼命在脸上作出惊异："十元钱买太阳镜？"顺手拿一付出来，"多年老朋友了，送一副给你吧。卖三十元的呢。"

赵同戴上太阳镜，心里说："多年了，就这还稍微有点老朋友味道。"转身走了。

有了T恤，有了太阳镜，有了造型不错的圆桶车，应该唱两句了。赵同毫不犹豫就想起两句：

"阿里——，阿里巴巴！阿里巴巴是个快乐的中年——"

心里就确实充满快乐。

这以后，他干脆就只唱这两句了。

三巴拿"你这中年就那么快乐"挖苦他，也就在这个时候。

赵同当然不怕挖苦。虽然心里受一点点挫，但心里也有反击的："除了床上一个独枕头，哪点不快乐！"而且还要反击："你三巴床上不也一个独枕头吗?!"

当然，连独枕头也解决了就更快乐了。

就在这时候又听到好消息：水妹子又搬回来了。那位知识分子跟她离了婚，去美国继承一个亲戚的遗产了。

赵同迅速来到水妹子家里。水妹子正在蹲茅房。他干脆就在茅房外面等。装作等着淘茅房的样子。

实在是充满希冀充满信心。而且扯扯 T 恤，扶扶太阳镜，把姿势尽量站潇洒，嘴里也哼得潇洒："芝麻开门芝麻开门。噢！噢！噢！噢！"粪勺在粪桶边沿敲着节拍。

终于开门了。水妹子一脸通红走出来，却不看他，勾着脑壳走过去，轻轻丢下一句："这人有味！"

赵同木了。

但原因到底查出来。水妹子刚一离婚，三巴就找上她了。两人还进咖啡馆坐了大半夜哩。

赵同气愤。三巴有什么？不就仗着"博士伦"吗？还常常是假货呢！说不定送他这太阳镜也是假货呢！

赵同噌噌走到三巴店里，摘下太阳镜往柜台上一搁。

三巴愣一下，很快又微微笑了，伸一根手指很有风度地搔脑门上几根头发。

赵同盯着他，鼻子哼一声，然后转身走出店，昂起脑壳："阿里——，阿里巴巴！阿里巴巴是个快乐的中年——"

从此赵同越发地要唱了。他觉得还是自己的活法好，而且常常受表扬，而且日后还要开汽车。再不去想水妹子，再不去想三巴，哪怕后来听说三巴成了什么企业家。

却没想到还是要看见水妹子和三巴。

是个星期天。三巴来水妹子家接亲了。三巴开一辆锃亮的银灰轿车，车头上一个老大的红"囍"字。

赵同远远地朝轿车冷笑。他正在朝圆桶车里灌粪水。他现在常常星期天加班，加班有奖金，还有表扬。

三巴好像脑门更光，肚子也更大了，样子像个葫芦。不过靠一套鲜亮西装撑着，要是穿 T 恤戴太阳镜，跟赵同比比看！

赵同又戴上太阳镜了，另外一家店里买的，可能不会假。

水妹子出来了。穿一件旗袍，脖子上胸口上手腕上全都金晃晃的。身子还是那样有凸有凹有姿态。赵同手乱了一下，粪水溢在圆桶车外面。

鞭炮响个不停。

赵同狠狠勾下脑壳，再不看那边。也不听那鞭炮。

但很快又抬起脑壳了。因为轿车喇叭也响个不停。

原来小街太窄，星期天人太多，轿车挤不动。

三巴下车了，朝人群里拼命递烟。脑门上亮闪闪的全是汗。

水妹子也从车窗里探出脸了，东扭西扭，急得很。还朝后面扭了一下，好像看见赵同了，又缩进车窗。肯定难为情吧。

赵同兴奋起来，将 T 恤扯一扯，又将太阳镜扶一扶，哼哼一笑："看看我这轿车！"

便拖着圆桶车冲上前去，一路吆喝："闪开闪开，轿车来了！"

拥挤的人们慌忙避闪，让这脏兮兮"轿车"乘风破浪一样冲过去。

那锃亮的银灰轿车一个激灵，将大红"囍"字紧紧咬住这脏兮兮"轿车"。

赵同昂着脑壳，扯起喉咙："阿里——，阿里巴巴！阿里巴巴是个快乐的中年——"

涅 槃

　　火舌舔着他鼻子尖的时候，他好像看不见什么也听不见什么了。但他晓得院子外面人们正在激动，还有人呼喊他的名字。当然小芸喊得最响。

　　于是他想笑一下。但有点晚了。脸皮已经拉扯不动，干焦燥巴的，似乎还发出"吱吱"叫声，像油炸着的糯米皮。

　　心便在火里悠悠地晃起来。

　　火实在猛，叫人料不到。从冒出第一股烟到照亮半边街，不过眨几下眼皮的事。刚冲进来倒是通体暖烘烘的，大冷天这感觉很黏人。

　　小芸家里就总是这十分黏人的暖烘烘感觉。人进去就不想出来。不出来又不行。她爹的脸难看，黑抹布一样。而小芸干脆就躲在自己房里把东西翻弄得山响。只好勾着脑壳退出小芸的家，浑身叫北风吹成冰棍。更觉得那屋里的暖烘烘叫人难舍。一到冷天，小芸家里就整天亮个煤炉子的。"不亏人，只亏钱。"她爹这样说，搓着下巴蛮自得的样子。

　　小芸爹喜欢搓下巴，就连"冲"他一句的时候都要搓下巴，腔调又冷又长的话好像是从下巴上搓下来："你就那样看重几个钱？"眼睛还斜着，左眉梢那根长长白毛翘起来。

他就作不出声了，身子一点一点矮。

钱是三千二百五十六元，拾圆伍圆贰圆壹圆的全有，人造革提包挤得鼓鼓，像开膛掏出的猪肚子。运猪崽到广东一趟就赚一大包钱，比杨老满、比段五伯都强。回想刚撤掉肉食站那阵还愁得蔫黄瓜一样。十五岁补员到肉食站，满以为掌着人人眼红的砍肉刀，脑壳会昂得高高。一下子变了政策，杀猪卖肉的满世界都是了。

所以还是那句话："天无绝人之路。"

还有一句："饿死胆小的，撑死胆大的。"

胆子算大了，光是偷税那手脚就没几个人敢做，正在风口上，弄不好一个偷税典型又挑在枪尖上呢。提一包钱从广东回来也要胆子，夜里的公路边常常会窜出几个脸涂锅灰手挥杀猪刀的。自己腰里便也别一把杀猪刀，玩杀猪刀他自信得很。

因此没冲进去就不是因为胆子了。火虽然猛，冲进去还是敢的。何况还隐隐约约听到细人崽的嘶哭。

是隐隐约约，在大火的呼呼啦啦吱吱嘎嘎里。像杨老满院里的羊羔子叫。杨老满院里老是羊羔子叫。那人挣钱也狠，院子一半锯木一半宰羊，羊羔子叫声就被电锯锯得七零八碎飘飘落落。小芸这时候就会双手堵住耳朵，声音还打战："太残忍了太残忍了！好可怜的羊羔子啊——"

其实羊羔子肉好吃。嫩而不膻，鲜而不腻。放五香八角炖了再拌姜丝蒜瓣泡辣椒炒，烫一撮芫荽菜在里面，世上第一口味。冷天里还蛮补。小芸爹爱吃得不得了，那左眉上老长的白毛欢喜地颤个不停。这时候老爷子就会亲手给他筛米酒，饭碗里筛得满满实实。

他也就老想拎只羊羔子去。

小芸也就戳他额头，手指软软的："最狡，最狡。"是狡。不狡，一个"大龄货"能摘下一朵鲜嫩的"村花"？不狡，老爷子能把婚期都给他俩定下！初中学过的好多成语都退老师了，就这句还记得：投其所好。

虽然戳额头，小芸却从不看爹吃羊羔子。他爹就另外置备了炒羊羔子肉的锅、盛羊羔子肉的碗，千万莫叫小芸的菜里有羊羔子味。杨老满却缺德，见小芸从门口过，故意扔一只刚放血的羊羔子过来，在她脚下抖身子，吓得她尖叫一声反身扑进他怀里。

他就几步跨过去，揪住杨老满胸口吼一声："一身皮子痒吗？"杨老满却一脸的涎笑："哟荷哟嚄，恩将仇报？叫你搂一回呢！有那福气换我两只羊羔子也干！"

杨老满嘴巴上油多，雷公也打不下手。不过搂住小芸那味道也实在叫人一身血滚烫。小芸脸太薄了，没别人时搂她都躲躲闪闪，当着众人一脑壳扎进来简直日头出西边了。

心里就真的感谢杨老满一回。

没想杨老满也有不涎脸的时候，眼皮耷着眉头垂着，厚嘴巴往一边撇一下，声音就像瓮里滚萝卜："货都让人家定下了。"

都定下了？他望着几只躺在地上抖身子的羊羔子，又指指一旁栏里："从栏里拎一只出来吧？"双手递一支精白沙过去。卑下得破天荒。

那眼皮抬都不抬，仍然瓮里滚萝卜："不宰了，今天累了！"

只好木木的，脸上好没趣。当然明白了原因。就慢慢收回手来，蔫蔫地离去。

偏偏又有哭喊声传来。悠悠的，把个"天啦"的"啦"字拽得老长还扭几道弯，像一条溜溜的蛇，叫他打着哆嗦几乎迈不动步。那一场火把贵坨婆娘烧疯了，天天满镇子耍着这条蛇跑，一镇子人都叫这条蛇咬得心抖抖擞擞。

他更加如此，一颗心七残八缺没剩下一处好。

贵坨却不耍蛇，只"哈哈"地笑，笑得喉咙嘶嘶的，有点像杨老满的电锯声。跳下狮头崖了，那笑声还在空中打转。于是电锯又拼命在他七残八缺的心上锯。

一下子贵坨就血肉模糊面目全非。好像哪部电影里有句"人生不可思议"的话。这就叫不可思议。崖上崖下两种景象只眨一下眼皮的功夫。

只有龇牙咧嘴依旧。

一镇子人都恨过那"龇牙咧嘴"。郑三家的壮猪用嘴巴拱坏他茅厕后墙一块砖，他龇牙咧嘴将人家的猪栏推倒；段五伯的狗偷吃了他灶边一个烤红薯，他龇牙咧嘴挥着火红铁钳将狗的耳朵烙烂一只；毕四婆婆的芦花公鸡踩坏他几个刚做好的湿藕煤球，他追到人家屋里，在毕四婆婆的哀求声里揪住芦花鸡公拧断两只脚。这小镇上不怕他不咒他的只怕数不出来，连小芸都咒他"恶事做绝了会绝后"哩。

是小芸在河边洗衣服，不留神漂走一条红裤衩。贵坨在下游不远处弓着背剖鸡，红裤衩一下缠到鸡脑壳上。贵坨就挥手将红裤衩扔到河中心，跳脚大骂，骂小芸瞎了癫了，还骂小芸发骚风用裤衩逗男人了。把小芸骂得一脸稀烂肿了眼泡。

没想却生个大胖崽。粉嘟嘟肉墩墩冬瓜一样。也实在出怪，一年里小镇上八个生细人崽的，就这一个带了把。那脑壳就更加昂上天了。婆娘也不打了，天天不是猪脚就是猪肚让婆娘吃得没了腰身。那婆娘就整天抱着细人崽笑，再不喊回去。

其实喊回也回不了。湖南到安徽有好远？车票钱哪里弄？想吃包五香瓜子还得等贵坨从身上瘫下去打鼾了，偷偷伸手去床头衣服里摸几个零钱。贵坨口袋里永远只有几个零钱，可又经常满口酒气满脸红光从外面回来。出门去贩玉兰片都稀罕呢。便都说是打牌里手，人家的钞票老是拢到他面前。还听说顺坨输惨了把刚进屋的新婆娘给他睡一回抵了账。

于是都不晓得这样一个角色是如何在外贩玉兰片时带回个俏婆娘的。

不过也都晓得只俏了一张脸，猪血李子好看不好吃。一天到晚只煮三顿饭不多干一点活，顶多还从别人畈里偷偷揣个嫩南瓜抱个大萝卜什么的回家。罗结巴畈里一连丢了三个嫩南瓜，就终于瞄着她又蹲进畈里，只是冲过去早了点。那婆娘赶紧提裤子说想解手，还吊着嗓子喊贵坨。贵坨赶来了，把拳头挥到罗结巴下巴边，说下次还敢看人家婆娘脱裤子就敲掉那下巴。叫罗结巴涨红脸结巴成一团。

罗结巴也有不结巴的时候，冷冷瞅过来的时候一字一顿："你那心是铁匠铺打的？"又一字一顿加一句，"就不怕自己也养不出崽？"话噎死人。只好咬牙切齿重重吞一口气。要不是自知理亏，也想像贵坨一样把拳头挥到那下巴边去。

小芸的活也太灵了，没想就真的绝了后。又没想那样凶狠霸气的角色却这样遭不起祸，将一副龇牙咧嘴摆到了小镇后头的狮头崖下。

也许又是那龇牙咧嘴叫人恶心或者心怵，大家都不肯去埋。最后是小芸爹去埋了。埋了回来洗手洗脸换了三盆水，然后就大口大口喝米酒。

他就抓住这时候送羊羔子去了。杨老满不卖，乘班车去县城买一只回来。小芸爹却瞟都不瞟，左眉梢那根长长白毛一动不动，脸也黑得像块抹布。小芸娘倒是瞟了羊羔子一眼，轻声说："她爹不吃羊羔子了。"却一直不瞟他。他怔怔站着，屋里那只煤炉子依然亮亮的把空气烤得黏人。他久久盯着那亮亮的煤炉子，身子又一点一点矮。终于提着羊羔子慢慢退出来。

身子顿时让北风吹成冰棍。真舍不得那煤炉子哩。不过听广播里讲屋里老亮个煤炉子也不好，容易闹出什么煤气中毒来。

晚上躺在床上梦迷梦醒搂了小芸一宵，醒来才晓得枕巾湿透了。一下子周身全瘫了，瘫成一张皱巴巴稀软的纸。眼里只有一片灰凉颜色。羊羔子叫声又远远从杨老满院子里飘来，清晰无比没有电锯声搅和，就更加像细人崽哭。便打个老大的哆嗦，床都跟着一抖动。蹦下床来满屋子疯跑。最后跑到屋角的羊羔子面前，杀猪刀挥得打鼓一样。雪白一只羊羔子眨眼成了一堆稀碎血红的肉。

这才一屁股坐到地上。眼前又是一片灰凉颜色，腾腾的。原来是灰色的火焰。

那天要是冰凉灰色的火焰就好了。就不怕烧了一提包钱了，就搂着提包冲进火里去了。

只好又扭头狠狠盯着床头那只鼓鼓提包。真想扑过去将它塞进灶里烧了。屁股挪了好几下却跳不起来。

晚了，什么都没用了。那大火在额上烙出个大黑字了。

镇长都板起了脸："在这镇上待着你羞不羞？羞不羞？"只好栽着脑壳从上到下羞得站不稳。身子一点一点矮。

镇长喜欢说话重复。小镇肉食品站没撤的时候当镇政府财贸委员，常常来肉案上挑瘦肉，两个手指掂一坨瘦肉吊在眼前打量，脑壳一下一下点："这坨好，这坨好。多少钱？多少钱？"其实晓得不会收钱的。肉食站归财贸委员管呢。郑三一头猪差标准两斤也是靠财贸委员写条子才收下的。正是他掌秤。当然虽然有财贸委员的批条也还得讨好他，郑三又递烟又划火柴，全不像四十多岁汉子在毛头伢子面前。

现在是他给郑三递烟了，而且不是当年那"笑梅""精白沙"呢！还掏出气体打火机呢。郑三却不接烟，撇撇嘴巴："气派啊，会挣钱啊。"

他就久久站着不动。"精白沙"掉落地上，倾刻叫泥水浸成黄色。他买了整整一条"精白沙"。只要镇上人肯接烟，一提包钱全买了"精白沙"也干。

可是谁都不肯接烟。生怕就是这包里的钱买的。这钱人见人怕了，连赌钱都不肯要了。本来把提包都提了去。从来没赌过现在要去赌了，而且哗啦一下输个精光才好。人家却像见了大麻风。连顺坨都侧着脸，只把眼睛斜过来："不敢不敢，你那钱我们赢不起。见了就心跳气短脑壳痛咧。"

结果心跳气短脑壳痛的是他。

那火再烧一回就好。烧掉这心跳气短脑壳痛，烧掉额头上那大大的黑字。

肚里却骂顺坨他们，起火时哪里去了？还不都趴在牌桌上鼓眼睛！火烧完你们就赶来了，就讲我的心狠就讲我的钱脏了！肚里偷偷日了他们一通娘。

当然又日贵坨婆娘的娘，派出所查出是炕腊肉滴油引起的火。炕腊肉却要跑出屋去，火不烧你的屋烧谁的屋？还把崽留在床上睡得猪崽一样。

接下来还要日贵坨的娘。偏偏那天又稀罕了，上县城联系玉兰片了，家里起火都不在家。那人就爱弄出怪名堂来。建屋也怪名堂，要挑四周无邻的地方建（不过人死了讲句公道话，也是别人都不肯跟他搭邻），起火了别人自然不晓得。

于是连自己的娘也日起来，撞鬼一样偏在那时候撞上。下了车在段五伯的米粉店里吃碗米粉喝杯米酒也好。就生怕这提包出个差错！

太把这提包看金贵了。

从顺坨那赌窝里出来差点把这"金贵"扔下河，咬了好一阵牙才忍住。

一眼见贵坨婆娘又来了，赶紧迎上去拦住："莫喊了莫喊了！这钱全给你好不？三千二百五十六块！"

贵坨婆娘站住，眼直直盯住他。

赶紧把提包打开，亮出满包钞票递过去。

那婆娘肩膀一抖又跑了，长长头发飞扬起来："不要钱不要钱哇——！我要宝崽哇——！我的宝崽在哪儿呀，天啦——"依旧把个"啦"字拽得老长还扭几道弯，像一条溜溜的蛇。

他就远远望着那飞扬的长发，捧着提包牙齿嘚嘚响。

那天火快灭了也是这样长发飞扬奔回来的。怀里还抱两个大萝卜。一直奔到烧成一堆黑的屋子面前，两个大萝卜还在怀里。宝崽已经扒出来了，烧成一块炭了。一个粉嘟嘟肉墩墩的嫩冬瓜跟黑焦焦的炭当然无论如何连不上，那白白的俏脸也就一下子木了。毕四婆婆赶紧掐人中，罗结巴就喊快快快去叫医生只怕要坏坏坏事。没等医生赶来已经坏了事，那婆娘眼一瞪猛喊一声"天啦——"，脑壳一抖跑了。几个男人都追不上。

贵坨却不追。第二天从县城赶回来，坐在一堆黑的屋子前抱着黑焦炭一样的崽，看着婆娘东奔西跑也不追。一脸筋筋襻襻的肉冻住一样。

大家就远远看着，都不吭声。镇长去了，弯下腰："贵坨同志，要节哀，要节哀啊。大家来帮助你，帮助你。"

却连动都不动一下，好像并没得哀，也不稀罕帮助。

坐了一整天，夜里就打哈哈了："好哇！哈哈哈！好哇！哈哈哈！"一个小镇就叫这哈哈打得摇摇晃晃。

后来那哈哈就打上小镇后头的狮头崖了。

后来那哈哈就绕着狮头崖一圈一圈打转转了。

人生也就这样变得不可思议了。

可思议的只有这提包，还在手里提着，拾圆伍圆贰圆壹圆的都在，把提包挤得鼓鼓，像开膛掏出的猪肚子。

毕四婆婆红着眼睛说："这时候送人家钱有什么用？"

是没用了。这钱一张都没用了。要是没那场火，这是一台彩电呢，二十五寸呢。搂着小芸坐在沙发里看二十五寸大彩电比神仙还惬意哩。小镇上有谁家摆着二十五寸？杨老满家都只有一台"二十寸"。农民意识甩不了，有钱了也舍不得花。段五伯家还是黑白，还卷喇叭筒抽哩。

去段五伯家吃米粉时就正在卷喇叭筒，淡淡瞟一眼过来没作声，只把喇叭筒点上火吸得腮帮子一瘪一瘪。

只好勾着脑壳说一声："吃碗米粉。"声音蚊子叫一样。不晓得是不是饿的。两天没吃东西了倒是真。

烂耳朵狗赶紧跑过来，尾巴摇得热情洋溢，只有那让火钳烙烂的耳朵耷得不生动。

一碗堆尖米粉端过来，辣酱肉丝臊子盖红了一片，绝非两块钱买得到，就从提包里扯一张伍圆票出来："莫找了。"

那喇叭筒一翘，票子被挡回来："收起吧。不想摸这票子。"

票子在手里抖起来。身子又一点点矮。烂耳朵狗歪着脑壳盯他一阵，很理解很知趣地避开了。

只好将票子又收进提包。慢慢走出店子。米粉也不吃了。

杨老满蹬一辆单车来了，老远牛叫一样："哎段五老板哎，五十碗粉五十碗粉，等下就送去啊！"

段五伯喜得喉咙打抖："好咧好咧！恭喜你个外公老爷咧！"

都说杨老满八字好，四十多岁就做外公老爷了。女也嫁得体面，镇长的堂侄子，农电所所长。

不过也有点不好，又沾着镇长又挂着所长，外公老爷架子端不高了，还眯着眼倒贴殷勤。外孙女的贺生酒该坐在火盆前等着请上首席的，却跑腿子亲自叫米粉来了。

那样子倒还雄赳赳，瞟他一眼都不肯，脸朝一边歪："喂，那边说人多坐不下，你那份礼只好退了啊。"

紧紧抿住嘴作不出声，牙齿咬成了铁。礼钱是早就送上去的。倒不是要巴结所长讨好镇长，是循了久远的乡俗，一家有喜大家贺呢。现在这乡俗也不让他沾份了。

一切全因了那场火啊！

身子越加一点一点矮。

那火再烧一回就好。再烧一回就好。

眼前就只有一片冰凉灰色。

杨老满还在背后跟段五伯哼鼻子："看着一副相堂堂正正，心却狠到那一步！好看不好吃的猪血李子。"

轰的一声，好像还冒了一股灰白烟。他就彻底矮得没有了，没入地里去了，自己也看不见自己了。

直到现在给杨老满家救火才又重新看得见。

全身上下被火光映得通红鲜亮。连通红鲜亮的血都看得清清楚楚。那血哗哗地奔得欢快。人也就窜进窜出奔得欢快。

火实在是猛，比贵坨家的猛多了。堆满半边院子的枞树板子鼓着油沫子烧得轰轰烈烈。有枞树板子不比贵坨家的火更猛就没得道理了。好多人赶了来都吓住了，只好在外面一桶一桶十分可笑地泼水。于是大火里就尽他一个人耍威风了。

也确实威风。羊羔子一只接一只抱出去。都在喊："莫抱了！莫抱了！羊羔子随它了！"他不，他要抱！他有力气有精神。肚里拍满塞了半锅羊羔子肉呢。那稀碎血红的羊羔子煮在锅里，没五香八角、姜丝蒜瓣、泡辣椒，连芫荽菜也没得，照样狠狠塞一肚子了。现在把这叫得细人崽一样可怜的羊羔子从火圈似的栏里救出来，才实在叫人兴奋不已。那金光辉煌的羊栏，他跃进跃出敏捷极了。嘴里嘀嘀叫着。

杨老满也嘀嘀叫着,肯定还叫出一股老大酒气。几个人死命扯住他。他婆娘也被人扯住,"天啦""天啦"地喊,却不如贵坨婆娘能喊出弯弯来。

镇长也喊了:"向汉生同志学习啊!向汉生同志学习啊!大家勇敢救火,勇敢救火哇——"

于是就更加勇敢地泼水。还有勇敢地去拆邻屋山墙断火路的。

当然也有人叫:"镇长请您提着这包,一提包钱都是汉生的呢!"

他兴奋得要昏眩。随你哪个提着吧。随你们一个一张分了吧。先前那场火不敢把提包扔路边,这场火就扔了嘛,叫你们全看见了嘛。

便不再嘀嘀叫了。或许是火的嘀嘀叫声将他喉咙压住了。小芸的叫声却笔直钻进来:"汉生——!你快跑出来哇——"撕心裂肺。

就更加欢快地跳跃,更加用力挥着棉衣扑打火。他现在不跑出来,他要多听几声撕心裂肺。

镇长又喊了,紧跟小芸:"汉生同志,快撤!危险——"虽然没有小芸的撕心裂肺,却充满焦虑,连重复都省了。

于是所有的人都跟着焦虑了,都喊汉生快出来了。

心里的激动无法形容。喊吧喊吧,晓得你们只会摆鄙视架子,只会摆关心样子,真正敢冲进火里有几个?我还要多在火里跳几下,多挥着棉衣扑打几下,多听你们几声喊咧!

没想却很快听不清了,全都是火的嘀嘀声了;跳起来也很艰难手里的棉衣也没有了,四周全是火红一片了。

心便有点慌。但好像也只慌了一下,就悠悠地晃起来,越晃越大,越晃越大。身子也跟着大。血却拼命要涌出去,去拥抱通红热烈的大火。

大火也来拥抱他了,张开无数手臂。

便终于笑出来了,笑得满脸都是。

只是最后还得想一下,派出所会不会查出这火是人放的呢……

煞　气

满成是小鬼里的头。所以他敢吓唬大人，下次到你家来！

大人就怕了，脸上发白。

也有恼的，追着要揍他，骂，你个屁眼嘴！满成跑得狗一样快，一个劲叫，就到你家来就到你家来！大人再追不得，瞪着眼喘气，越追越会"到你家来"。

到谁家来都不是好事。脸上涂着锅灰，头上戴个马粪纸做的尖尖角，衣服反穿，举一柄竹片削成的剑，率一帮小鬼吆喝喧天冲进你家，你家就一定是进了邪气，有野鬼藏着了。

当然，真是进了邪气的人家，又巴望他去。床上有病人哼哼，栏里的猪发瘟，要不就是丢了钱财，损了地里收成，总而言之家里倒了运，就都希望他把藏在家里的野鬼捉了去，让邪气消散，运气转过来。

这种时候满成最神气，冲到人家门口，高举竹剑大喝，野鬼野鬼快出来，阎王要你下火海！然后朝身后的喽啰们一挥剑，搜！喽啰们便噢噢叫着冲进屋去，用手里的竹刀木枪在门上壁上拍得噼噼啪啪响。其实也不用搜，那野鬼早在茅房边立着。当然是稻草扎的，套上破衣烂衫，用一根棍子插在地上。待小鬼们装模作样在院里屋里四处搜一通之后，满成才直奔茅房，嗨一声将野鬼捉住，高高举起。小鬼们立即跑过来，拥着他乱喊，欢呼胜利。

这家人高兴了，拎过篮子来，将枣啦桃啦花生啦炒米糕啦，一个劲往小鬼们的衣兜里装。满成衣兜里装得最多。

满成自然很喜欢捉野鬼的了，但这种机会并不常常有，要等村里请了戏班子，而村里只在过年的时候、割了禾的时候，或者有钱人家办红白喜事的时候，才把戏班子请了来。那戏班子无论演一天两天三天，也无论演《铡美案》《苏三起解》，还是《白蛇传》《七仙姑下凡》，总要在头天演一出打叉戏，戏名叫《刘氏四娘》。刘氏四娘究竟是个什么人，满成弄不清楚。反正是个男人扮的假女人，好像是阎王身边逃出来的冤魂。冤魂肚饿了，在路上偷人家的鸡煮了吃，鸡骨头乱扔，叫追她的巡夜大鬼嗅着了气味。这巡夜大鬼很厉害，说，鸡骨头香一定把野鬼全逗出来了。于是喝一声，小鬼们，快快搜捕野鬼！早在台后等不及的小鬼们噢一声冲上台来，围在大鬼身边，大鬼背上插几柄叉，手里还握一柄。他将手里的叉在头上舞一圈，站个金鸡独立，右手高举叉，左手伸两个指头指着台下，拖着腔调，速去也——！小鬼头满成就一声得令！率众小鬼跳下台去。

捉野鬼有一衣兜的吃食，又能台上台下的威风，自然很带劲。那演技也不费劲。除了满成一声得令，要按戏班子叮嘱喊出戏腔来，其余小鬼就由着性子乱喝乱吆了。

因此盼着捉野鬼的就不只是满成一个，所有的男孩都在盼了。

其实胆大的女孩也盼。但满成不收女孩，说女孩跑不快，力气小，还说女孩爱笑，把野鬼笑跑了，因此连女孩追了屁股后头看热闹他也不准。

只有一个女孩例外。花子。

花子比满成小一岁半，刚满九岁。花子不爱嘻嘻嘻地乱笑，实在要笑了，就抿紧嘴，将一双乌亮的眼睛飞快眨个不停。就连满成搔她胳肢窝搔得她浑身乱颤，她也是抿紧嘴将一双乌亮亮的眼睛飞快眨个不停，顶多鼻子里头哼哼哼的。满成就佩服她得很。满成要被谁搔胳肢窝了，一定在地上滚个昏天黑地。

当然满成让花子跟在屁股后头捉野鬼，也不仅因为这一点点佩服，实在是玩得太亲密了。已经记不得几岁起开始玩一块的，反正是有满成的地方就有花子，有花子的地方就有满成。

而且满成认了花子的爹做干爹。

于是每一次捉野鬼，都有花子跟在满成屁股后头跑，跑得脑后那根小辫一跳一跳，却总不叫不笑。只有满成捉住野鬼了，小鬼们都胜利地嚷一通，她才拍着手跟着嚷。等到人家来往衣兜里塞吃食，又赶快抿住嘴，手按住衣兜，一个劲摇头不要，那是奖赏小鬼的，她不是小鬼，不好意思。

满成就在这时候大叫，她不要，装我兜里来！人家就真的把花子那一份也装进满成衣兜里去，还逗一句，把你堂客的一块兜了啊。

满成不在乎。堂客就堂客。反正在坡上也常常玩拜堂的。

每次捉了野鬼，找空地烧了后，就要去坡上玩了。

不去坡上玩不行。那打叉戏接下来的场面小孩子看不得，凶险得很。刘氏四娘被巡夜大鬼追着，无路可逃，先是往台左的木柱上一扑，再往台右的木柱上一扑。巡夜大鬼一见刘氏四娘扑上木柱，扬手将一柄叉掷去，嘭的一声贴着刘氏四娘的脸叉在木柱上。那叉是雪亮亮的三齿钢叉，连柄二尺半长，真家伙哩，所以叉一飞出台下就惊呼连片，这惊呼连坡上也听得到。

花子一听这惊呼就要打哆嗦，她不明白，小孩子看不得的凶险戏，为什么大人还要吓得叫喊连天地看？

满成也不明白。要看就不要吓得叫，吓得叫就不要看。他想，他要是去看就不会吓得叫。

因此他很想去看，但大人们太可恼，戏围子门口把守着，那戏围子其实并不牢实，是戏班子带来的白家织布围幛，一个大人高，虽然用木桩子绷紧了，贴地钻进去不费劲的。只是从没哪个孩子敢钻。钻进去就会臭揍一顿。

为了不臭揍一顿就只好在坡上玩。何况还有一衣兜里的吃食。

大家就把兜里的吃食都掏出来，比谁的多。当然都不敢跟满成比。满成一脸的得意，把吃食分出一半来给花子。花子这下就好意思了，全装进兜里，零零碎碎地吃。

也常常把吃食都堆拢来，不准随便动。那是玩接堂客的时候，等接回堂客，新郎新娘拜了堂，大家上席了，才能吃。

接堂客是最有味的。新郎新娘的角色照例归满成和花子，四个轿夫手搭手做一顶轿子，让新娘坐上去。吹鼓手们走在前面，嘴巴顶了唢呐锣鼓，一路悠悠摇摇热热闹闹。新郎"屋门口"则候了一群放鞭炮的。轿子一到，噼里啪啦拼着嘴巴响。新郎就赶紧跑到轿子边，撩开帘子请新娘下轿。新娘这时候要羞羞答答，最好还在轿子上忸忸怩怩一阵。轿夫的手腕酸了，还得忍着。村里接亲他们都见了，新娘子是该在轿子里磨蹭一阵的。

但有时花子也磨蹭太久了，指着满成的脸说，哪有新郎一脸锅灰的！又不是做了爹，让别人往你脸上打喜。

吹鼓手们也起哄，是的是的，丑八怪，不嫁他。

满成只好撩起衣襟使劲擦，还沾着口水擦。

那锅灰擦不彻底，花子就继续赖在轿上。

轿夫们苦了，嚷起来，行咧行咧，戏台上包公也是黑脸咧。

满成神气了，嫁个包公还不肯？不下轿不要你了！

花子噘噘嘴巴，只好下轿来。将手绢当红绸带，让满成牵着一步一步进"屋"去。贺喜的客人就陆陆续续地来，都是刚才抬轿子吹唢呐敲锣打鼓放鞭炮的。这时候全换了神态，捋胡须的端水烟壶的弯着腿的弓着背的，把村里大人们摹得俨像。

然后就拜堂，就上席，大吃大喝，笑笑闹闹。

花子说，不让我们看打叉戏更好，这坡上几多快活。

孩子们就附和，就是，就是，还吓死人哩。

满成扬起眉头，说，吓死人？我爹还看见叉死人哩！一叉叉到脖子上。用手做成叉往脖子上一叉。

所有的孩子都将脖子一缩，眼睛瞪得老大。

满成仍然伸着脖子，很神气。

叉死人是真的。不过在很多年前了，也不在这个村子里。那时候满成的爹刚长成小伙子。刚长成小伙子尤其爱看打叉戏。就赶到十里外的地方去看，就赶上叉死人的场面了。那刘氏四娘刚扑上柱子，锣鼓响起一串急点：扑噜……擦！一道白光闪过去，那叉中目标的声音就有点不对，闷闷的。刘氏四娘死死抱着柱子，身子扭动起来。台下这时候本是要放鞭炮的，香火都举起了。细细一看，不得了，刘氏四娘脖子上涌出一股股殷红的血来，还有痰水泡沫。那叉将刘氏四娘的脖子钉在了柱子上哩。

满成爹尽管已经长成小伙子，回来后还是吃不下饭。就绘声绘色地给别人讲，讲得所有的人都瞪大眼睛嘴里啧啧啧啧，除了恐惧还有遗憾——自己没看到那场面。

那场面是不能经常看到的，戏班子不会把自己的命不当命。打叉的大鬼、刘氏四娘、打鼓师傅三个人，都晓得要严丝合缝地配合。满成爹看到的那场面，据说是打鼓师傅因为上茅房踩了一脚屎在懊恼，鼓点乱了一下。

后来是再没听说有叉死人的场面了。当然残了耳朵伤了脸颊甚至脖子上断了一根筋的事，常常还有。即使没有，那雪亮亮的叉照人狠狠飞去也够吓人的。所以台下的右边角落里仍然摆着棺材。

这是演打叉戏的规矩，从来没变过的。棺材由点戏的东道家置备。台上死了人，棺材便是死者的厚殓。台上没死人，这棺材就由戏班子退给东道家，东道家按棺材价付给戏班子酬金。

虽然没看到吓人的把戏，满成和所有的小鬼都看到了台下右边角落里那口黑漆漆的棺材。棺材头上淋着鸡公血，卧在地上阴森森的，逼得人透不过气，台上台下窜的时候，他们的眼睛都不敢往棺材上溜。

不过，棺材被村里大人们抬回来的时候，满成和所有扮小鬼的孩子又都是兴奋的，晓得戏班子要来了，又要捉野鬼了。

然而好久都没有兴奋了，民国三十七年的漫长夏天是这样平静，平静得没有一点请戏班子的理由。孩子们都有点乏味了。于是在坡上玩也有点乏味。花子说，老坐轿老坐轿，不想坐了。

满成搔搔光溜溜的头，说，那就骑马好不？

轿夫们赞同，骑马骑马，新娘子也该骑马的！

花子扭扭身子，也不想当新娘子了。

满成说，那就当堂客吧，堂客骑马回娘家。

花子仍然扭身子，也不想当堂客。

满成不停地搔着光头，那你当个什么嘛？

花子眨巴眨巴眼，突然说，当刘氏四娘。刘氏四娘骑马跑，巡夜大鬼就追不上了。

孩子们一片赞同，来了兴致。

满成就做马。弓着背，双手在腰后十指交叉做成"镫子"，让花子屈腿伏在背上，双膝压在"镫子"上，然后伸着脖子昂起脑壳，"咴咴咴咴"，一声长嘶，跑起来。

花子兴奋得很，左手抓牢满成左肩，右手在满成右肩拍着，唱，马儿马儿快快跑，巡夜大鬼追不到！

满成就更加"咴咴咴咴"嘶叫得有劲。

孩子们一片哄叫，快跑呀，快跑呀，巡夜大鬼追来啦！

有谁捡一根长长的细树枝掷过来，叫，飞你一叉！

树枝从花子身旁飞过去，把花子吓慌了，身子一晃，花子就摔在了地上。

满成赶紧去扶。花子咧开了嘴巴，左臂动弹不得，大声叫痛。

孩子们都围上来，吓蒙了。

这祸闯得大，花子左臂脱了臼。

满成被爹爹结结实实揍一顿，第二天又跟着爹去花子家赔礼。

满成爹捉了一只大母鸡，提了一块肉。让满成挽一篮鸡蛋。

花子爹举起铜水烟壶，这是做什么？孩子嘛，孩子嘛！东西还是收下了，连连摇头。

花子躺在堂屋里的竹凉板上，左臂被杉树皮裹着。痛是不痛了，乌亮亮眼睛瞅着满成飞快地眨个不停，嘴紧紧抿着。满成也低着头，偷偷向她笑。

满成爹就照满成头上拍一掌，崽子，还笑！不给干爹赔个罪！

花子爹伸出一只手，在满成光溜溜脑壳上摸着，孩子嘛，孩子嘛。又抓起桌上的炒米糕给满成吃。

满成接了，却不敢吃。

花子躺在竹凉板上说，吃呀吃呀，孩子嘛，孩子嘛。

大人们都笑起来，接着，大人就谈大人的事了。

满成低头吃炒米糕，偷偷朝花子扮鬼脸。他不愿听大人的事。只知道说的是今年地里旺，该谢天老爷。

但马上支起耳朵了。大人在说，村里所有佃户和田主都凑份子，开镰前请戏班子来演一天戏，谢天老爷。

满成爹问，还点《刘氏四娘》吗？

花子爹端着铜水烟壶，一边咕噜咕噜地吸烟，一边点点头，当然啦。

满成朝花子眨眨眼。

花子也朝满成眨眨眼。

戏班子来了。

孩子们兴奋得很。马粪纸做的尖尖角，竹刀木枪，都备好了。

好些人家也忙着扎野鬼。都因为家里有不顺畅的事。

就有一个个大人对满成说，先上我家去啊，我给你好多吃的。

满成都应下来，扬着脸，先去谁家，谁家的运就转得快些哩。

满成特意新做了一柄长长的竹剑。还从河里捡块卵石将剑打磨得光光的，差不多跟真的一样。

但事情出了点变故。

戏班子的本家（即头儿）跟满成的爹说，打叉戏怕是演不成了，扮大鬼的花脸发了病，手老打战。

满成的爹急了。那如何好？他搓着手。想看的就是这一出哪！

本家说，我也想硬撑着演，就怕出岔子啊，拿命运耍哩。

满成的爹不吭声了。他脑子里泛上那个冒着鲜血和痰水泡沫的脖子。

我得跟庚二爷去说说，是庚二爷让我去请你们的。满成的爹说。他急急找到花子的爹。

花子的爹端着铜水烟壶，咕噜咕噜一气，才说，请大家来议议吧。

村里参加主事的人就都来了，聚在花子家里，水烟壶、长烟锅、短烟锅……花子家堂屋里烟雾腾腾。

满成就蹲在堂屋门外山壁下，花子紧挨他，弯腰站着。她左臂上还裹着杉树皮，用一块长汗巾吊在脖子上。两个人偷偷听大人们议，眼睛瞪得老大。

大人们七嘴八舌，都主张打叉戏要演。

满成的爹却还在犹豫，说怕出岔子，他是亲眼见到叉死人的。于是他把叉死人的情形又绘声绘色说了一遍，说得堂屋里全是啧啧声。

满成也听得头皮发麻。他扭头看花子，花子已经紧紧闭上了眼。他皱了眉，有点讨厌爹。

花子的爹说话了，还是演吧。他说得很慢，还伴着咕噜咕噜声音。棺材头上多淋点鸡公血压煞，杀两只鸡公啰。

大家都赞成。

满成眼里又亮了，他又轻轻捅了捅花子，花子也睁开了眼，朝他扬起眉。

演打叉戏了。

满成握着长长的新剑，浑身劲鼓鼓的。

戏台上早已等满了大人，挤挤涌涌。

巡夜大鬼朝满成发令，速去也——！满成一声得令，率众喽啰哇哇叫着跳下了戏台。

满成！满成！挤挤涌涌的大人们一片声叫，急切得很。都是家里扎了野鬼的。

满成没长耳朵。他从人群里挤出来，飞快跑了。小鬼们哇哇吼着紧紧追随着他。

一直跑到花子家。

花子早候在门口。左臂仍然吊在胸前,满成刚站定,她跑过来,嘴巴凑在满成耳朵边,我照你说的,让娘扎了个好大的野鬼咧。

满成急不可耐。捉了野鬼,花子手臂就好得快了。他高举长剑吆喝一通,待喽啰们刚涌进屋,他就挥着长剑冲进去了。

果然好大一个野鬼待在茅房边,比满成还高出一头。

满成将剑别在裤腰带上,双手抓牢野鬼脚下的棍子,嗨一声拔出地来,将野鬼高高举起。

众小鬼涌过来了,挥着竹刀木枪欢呼。花子也跑来了,挥着右臂跟着欢呼。

花子娘赶紧提来一个篮子,将喷香的炒米糕往小鬼们衣兜里装。

自然还是满成兜里装得多。花子却觉得不够多,用右手又抓了几块塞进他兜里。

满成威风凛凛喝一声,将野鬼推下火海!扛着野鬼率喽啰们奔出门去。

花子追到门口,眼巴巴望着他们。她手臂没好妥。爹不准她出去玩的。

烧过野鬼了,满成领着喽啰们又去坡上玩。花子不在,当然不能接堂客了。满成就有点兴致不高,盯着坡下远远的戏围子出神。

那戏围子里人满满的,坡上能看到一片黑黑的脑壳,戏台上的戏却看不到,戏台背向着坡上。

日头快落山了,阳光有点发红。那绷成围幛的白家织布也跟着发红。

有惊呼声从戏围子里响起,在发红的阳光里抖抖颤颤地飘到坡上来。

喽啰们嚷嚷着,又吓得叫了!又吓得叫了!

满成在肚里说,吓得叫就不要看,要看就不要吓得叫。又在肚里说,我要去看就不会吓得叫。

于是就真的想去看,越想越坐不住。终于,他跳起来,扔了长剑,飞快向坡下跑去,把喽啰们的惊愕全抛在坡上。

满成一口气跑到戏台右边的围子下。戏台下的右边摆着棺材。钻过围子躲在棺材后头,兴许大人不会发现呢。

台上锣鼓正响得激烈,戏围子里一片惊呼接着一片惊呼。满成心咚咚跳起来。他想,我要告诉花子,我看了打叉戏了,一声都没叫咧。

他就趴在地上,掀开围子钻了进去。

棺材正好挡住他。满成高兴了,爬到棺材边,双手支起脑壳望着台上。

刘氏四娘正呼的一声朝台右的木柱扑过来。那样子就像朝满成扑过来。满成一个激灵,绷紧了头皮,又瞪着眼珠一动不动。

巡夜大鬼举起了叉。

满成的心呼地蹿到喉咙边。仍然瞪着眼珠一动不动。

扑噜……擦!锣鼓点子急得很。

一道白光。

满成打个哆嗦,紧紧闭上了眼。

只听得一声惨叫。

满场哗乱。

满成怎么也没想到,那叉叉着他爹了。

正是爹弓着腰向棺材跑过来的时候,——他是不是发现满成了?那雪亮的叉嗖地叉进他后颈窝里。

谁也弄不清楚,那叉怎么偏过木柱,飞向台下了呢?扮巡夜大鬼的戏子说，举叉的时候心里突然一阵慌，手颤得厉害，想着要出事，要收手也收不住了。

村里找戏班子论理。本家说，早说过演不得，你们偏要演呀，而且，人要跑到棺材那里去做什么呢，棺材煞气好重！

理没论上，不过，戏班子没要那棺材的酬金了，棺材就给了满成的爹。

出殡的时候，戏班子也吹吹打打地送。满成的娘由几个女人架着，哭得昏天黑地。

满成没哭。他披麻戴孝，手拄哭丧棒。一双眼呆呆地睁着，脑子里空洞洞的。花子爹在一旁陪着他，手里端着铜水烟壶，却一口没抽。

又过年了。村里又要请戏班子了。

满成的娘对满成说，我家也扎个野鬼吧。她嗓子还哑着。自从为满成的爹哭哑了嗓子，就一直哑着了。

满成咬咬嘴，大声说，扎个野鬼！扎个野鬼！

满成就和娘一块扎。扎了个老大的，比花子家的野鬼还高半个头。套上满成爹一件旧衣衫，脸是满成用一张草纸画的，三只眼，长獠牙，很凶气。

只等着小鬼来捉了。

演戏那天好大的雪。整个天空麻麻点点。却没有一丝风，因此并不觉得太冷。何况有戏看就更不冷了。大人们大都披着蓑衣顶着斗笠去看戏，有钱人家便撑一把油纸伞。实在有耐不住冷的老人，就抱一个装了火红柴炭的烘笼。气氛是热闹得很了。

满成倚着门框，望着门外一世界的雪，等着从那雪地里冲出一支队伍来。

今天谁当小鬼头呢？娘能不能把他们最先喊到自己家来呢？

满成想。

又点点头。肯定会的。于是又扭头看桌上的篮子，那是娘炒的一篮花生。

远远的锣鼓传过来，热热烈烈，震得满天雪花乱颤。

满成脸上渐渐地有了迷茫。怎么有这么久的锣鼓？早该冲出来捉野鬼了啊。

一个人影出现了，在纷乱的雪花里慢慢走来。

那是娘。满成一眼认出。

娘缓缓走近了，一脚一脚十分吃力。

满成垂下了脑壳。

娘连头上身上的雪花抖也不抖就走进屋，坐在凳上，一声不吭。

满成问，娘，不肯先来我家了？

娘叹一口气，嗓子哽咽了，没有小鬼，一个也没有。

满成怔住了，大睁着眼。

家里都不准自己的孩子当小鬼了。说是，小鬼当多了沾上煞气，娘沉沉地勾着头。

满成张大了嘴。一会儿，也勾下了头。

好一阵，娘慢慢起身，走到满成身边，摸着满成的头，说，我们自己去把野鬼拆了吧。

满成点点头。跟着娘往屋后走。

门外突然响起个声音，野鬼野鬼快出来，阎王要你下火海！喉咙是使劲鼓着的，却藏不住嫩声嫩气。

满成转身奔到门口。

门外站着个小鬼头，戴一张马粪纸做的尖尖角，脸上用锅灰和米花红水画得乌七八糟；穿的是一件老长的青布衫，罩住膝盖，滑稽得很。

满成一眼认出，是花子。

花子气势壮壮，用竹剑向身后空空的雪地一挥，喝令，搜！然后一头冲进来，穿过堂屋，直奔茅房。

满成赶紧也跟着跑去。

花子跑到野鬼身边，将剑往地上一插，双手抓住野鬼脚下的竹棍，却拔不出来。她朝满成喊，快帮帮呀！

满成跑上去，抓住竹棍，嗨的一声，野鬼拔出来了。

噢！花子欢呼胜利，又接过野鬼摇摇晃晃举起头。

满成娘赶紧往花子衣兜里装花生。一把一把使劲装。

够了，够了！花子叫起来。然后又鼓起喉咙喝一声，将野鬼推下火海！扛着野鬼冲出了门。那样子全是学了满成的。

满成追着跑出去。追上花子，问，你怎么来了呢？

花子眨眨眼，说，我偷偷跑出来的。我爹不准我出门，说捉野鬼会沾煞气。还说，你当小鬼头沾了好重的煞气，你爹就是你害死的。花子停一停，声音低下去，我也有点怕，当这一回，就不当了。

满成久久瞪着眼，呆呆立着。突然，他脚一顿，抢过花子肩上的野鬼，扛着就跑。

花子叫起来，哎哎，你不能的！不能的！

满成发狂地跑，雪地里留一线歪歪扭扭的脚印。

他一口气跑到坡上，跑到爹的坟前。

爹的坟也全被雪盖住了，像个老大的雪馒头，在漫天大雪里默默耸着。

满成将野鬼摔到坟头上，掏出衣袋里的火镰子和纸引子，一边狠狠砸火，一边哭喊，爹，爹，我害死你了，我害死你了！

花子气咻咻赶来，掏出衣袋里一盒洋火要划，说，满成哥……你别烧……我是小鬼头呢……

满成重重甩开花子的手,不要你烧!不要你烧!你不是小鬼头!

花子咧咧嘴,眼里也漫上泪了。十分委屈。

满成仍然放声地哭,爹,爹,我再当一回小鬼头,给你烧野鬼了……

野鬼烧起来了,将满成一脸泪水映得红红的。

野鬼烧完了,满成也止了哭。他站起来,怔怔地望着坡下远远的戏围子。

热热烈烈的锣鼓声飘过来,夹着一阵一阵的惊呼。

花子挨着满成,怯怯地轻声叫,满成哥。

满成没应,眼珠子一动不动。

哥哥的烟灰缸

无论如何，嫂子将那只烟灰缸摔坏是很不应该的粗心。

那是哥哥极看重的烟灰缸。

哥哥没责怪她。哥哥从来不会责怪她。哥哥只是说，算了，算了。然而哥哥的左眉梢在跳。

左边眉毛尖在跳哩。嫂子这样告诉我。又补充，看事就看哥哥的左边眉毛尖，一跳就不是很小的事；但很大的事也只那里跳。又补充，前年从副局长位置上被撸下来，就是左边眉毛尖跳。

我其实清楚。我们虽是叔伯兄弟，但过从甚密。宣布处分第三天了，我去安慰他，他的左眉梢还在一弹一弹地跳，像一条吐丝的蚕。当然，还有一个引人注意的细节：抽烟。而且抽得特别，一只手夹烟，一只手端烟灰缸——就是现在被嫂子摔坏的这只烟灰缸，里面横七竖八躺满了老长一截的烟头。

哥哥从不抽烟的，那以后才上了烟瘾。于是这只烟灰缸于他就更为重要。但嫂子说重要得过了火。常常见他抽过烟了，还要将烟灰缸在手里久久地把玩，眼睛眯起来。

那烟灰缸也特别，奶白色，石头的。石头做的烟灰缸本不多见，何况是奶白色的石头。那造型更特别，烟灰池是椭圆形的，从椭圆的中腰，相对称地支出两个扁扁的颈，下宽上细，成弧形弯向中间,在离烟灰池一寸半高的顶上交叉成一个小丫,正好用来搁烟。

哥哥曾问我,你看它像个什么?我仔细端详烟灰缸,说不出像个什么。只觉得这造型简洁、明快而又富有变化,别致得很。

哥哥用一根手指穿过烟灰缸弯弯的颈,将它挑起来,像只篮子嘛。

我再看细,确实像只篮子。就笑了,说,给你装一篮子烟屁股。

哥哥点点头,一篮子烟屁股,一篮子烟屁股。轻轻的,一字一顿。脸上意味深含。

我不得不赞赏,把烟灰缸设计成一只篮子,够有灵气的了。

哥哥却感叹,说这人差点叫灵气害了哩。哥哥说的是很有根据的。

这个把烟灰缸设计成篮子的人,叫成伍。在省工艺美术学校念过书。他喜欢雕刻点古里古怪的小玩意儿,又喜欢将自己弄的小玩意儿显摆。那还是一九七七年冬,县里各战线往农村派"农业学大寨工作队",二轻局下给工艺厂一个指标,这个成伍被派上了。来到乡下,正赶上公社组织的"愚公移山大会战",全公社抽调五千劳力,要将一个山头削平造大寨田。公社革委会主任手拿一个铁皮广播筒,在工地上亲自指挥战斗。这位革委会主任四十多岁,很壮实,但有点驼背。驼背而手举广播筒,就显得他指挥的这场战斗很有点严峻。可是成伍却毫不严峻,挖土挖出条歪歪扭扭的刺木根,他拿在手里左瞧右瞧,歪着脑壳一笑,就从屁股后头抽出柄小刀,三削两削,弄成一个根雕,然后举在手里,向周围人一亮,看,像不像革委会主任?周围人眼一睁,嘻嘻哈哈全乐了,都说像极了,驼着背,举个广播筒,屁颠屁颠的哩。一时里你争我抢,让成伍得意得很。

事情当然就闹大了。革委会主任很快见到了这件与自己形神毕肖的艺术品，立时就黑了脸。攥着这玩意儿找到成伍，问，这是什么意思？成伍一看那黑着的脸，慌了神，眼睛眨了眨，说，我雕的愚公哩。又补充一句，配合这大会战雕的艺术品哩。革委会主任盯住他，愚公？愚公举个广播筒？成伍又眨眨眼，不，不是广播筒，是一根烟，农民卷的那种喇叭筒烟。革委会主任冷笑，哦，好大一根烟。愚公抽这么大一根烟还有工夫挖山？成伍毕竟是个二十多岁的小伙子，口气有点"冲"起来，艺术是需要夸张的知道吗？烟可以夸大比例嘛。革委会主任一时噎住了，眉头紧紧扭着。

　　这时候，哥哥赶来了。哥哥在工作队颇受器重，当了个分队副队长，成伍正是他手下的。他瞪了成伍一眼，你瞎搞个什么！成伍不服气，谁瞎搞嘛。我雕个愚公抽烟碍他什么了？革委会主任提高声调，还强词夺理！毛主席根本没说愚公抽烟，愚公怎么会抽烟？成伍脖子一梗，毛主席没让愚公抽烟，我也可以让愚公抽烟呀！

　　就是这句话说坏了。成伍为此在工作队里被整整批判了三天。毛主席没让愚公抽烟，你成伍也可以让愚公抽烟，什么意思？这不是要破坏愚公形象？要往光辉篇章上泼脏水？要反对伟大领袖毛主席？

　　正是抓纲治国的年头，而且有公社革委会的强烈要求，成伍就无论如何也轻松不了。成伍哭起来，承认自己放松了世界观改造，还承认自己受了右派堂舅舅的影响，对现实不满。最后，成伍被开除出工作队，遣送回厂。

　　押送成伍回厂的就是哥哥。哥哥把成伍交给厂里的时候，成伍望着哥哥，又要哭了。哥哥皱着眉瞪他一眼，多事！转身走了。哥哥确实恼火，自己队上出了这么个角色，脸上哪能光彩?!所以批判成伍的时候，哥哥火气格外足。

当然，成伍也并没对哥哥造成太大影响。哥哥在乡下一年里吃苦肯干，又解决了当地几个老大难问题，受到战线工作队表彰。公社还专门给二轻局写了封表扬他的信。哥哥回到局里不久，就从政工股干事提为副股长，两年后又提成了股长。

　　三十岁当股长，在当时的干部队伍中并不多见的。于是哥哥常常在饭后往沙发上一靠的时候，微歪着头，向忙忙碌碌的嫂子浅浅一笑，逗她说，怎么样，嫁我没亏吧。嫂子就忙中偷闲回他一个妩媚动人的笑。有时候兴致太高喝了点酒，哥哥就逗得更厉害了，还想成伍吗？嫂子就会停了收拾碗筷的动作，伸过手来，在哥哥额头轻轻戳一指，而且没忘了先将手在围裙上擦一下。

　　实在说，嫂子是很满意自己嫁了个好丈夫的。疼她得很，夜夜把她搂在怀里。作为女人，没有比夜夜被丈夫搂在怀里更满足的了。因此她很为自己庆幸。正徘徊在人生十字路口，哥哥就来到她身边了。真要嫁了成伍，才悔一辈子呢。

　　嫂子跟成伍是一个厂的，曾经跟成伍有过一段恋情。成伍个头高高，活活泼泼，又是厂设计室的设计员，引厂里很多姑娘注目。但成伍只喜欢嫂子，因为嫂子是厂里最漂亮最文静的姑娘。两人就谈上了。没想到，突然间成伍就出了问题，下到石膏车间蔫头蔫脑炒石膏粉了，炒得一个人像面灰坨。嫂子的家里知道后，坚决要女儿中断恋情。嫂子正在苦恼中，哥哥出现了。

　　本来，哥哥因为上进心强，迟迟不肯考虑个人问题。当了政工股股长，说媒的越来越多了。多了也不好，哥哥一时挑挑拣拣拿不定主意。这天为一件公事到工艺厂去，一眼看到嫂子，眼亮了。于是，很快就有厂领导来找嫂子。开始嫂子还有点犹豫，觉得哥哥大她八岁太拉远了。厂领导便把工作做到她父亲那里去。她父亲是工艺厂的退休工人，当即向领导表示这门亲定了。第二天晚上就领着女儿上了哥哥的门，指着女儿对哥哥说，你要是真不嫌弃，她就是你的人了。

一嫁给哥哥，嫂子就整天甜蜜蜜的了。她父亲就晃着脑壳，爹老子没害你吧，把你推进蜜罐子了吧。又挥挥手，行，行。泡在蜜罐子里多记着爹老子就要得。

　　嫂子当然会多记着爹。过年过节大包小包的尽孝心，让爹眼都眯成了线。

　　而哥哥是更记着岳父的。哥哥不是知恩不报的人。嫂子对他越体贴越温柔，他就越觉得该报答岳父，以至他后来为报答岳父付出了极大代价。

　　在嫂子嫁给哥哥几年以后，成伍突然来到哥哥的家。

　　成伍开始畏畏缩缩的，一只手提个包，一只手在衣襟上捏来捏去，眼睛看着地上。声音低低的，杜，杜股长……哥哥哦一声，立即从沙发上站起身来。是成伍呀，快坐，快坐。又吩咐嫂子筛茶，拿瓜子糖果。热忱得毫不虚假。

　　倒是嫂子有点不自然，脸红红的。成伍接茶时将茶水晃了出来。哥哥就呵呵一笑，怎么，一个厂的人，用得着这么局促？一句话就将气氛松了下来。

　　所以后来成伍由衷地对我说过，你这位哥哥呀，是个当大领导的气度咧！说这话的时候，成伍已经是工艺厂的厂长，且有点名气了。我就是因为他的名气去采访他的。

　　于是在采访中成伍说了一大通哥哥的气度。这气度不仅仅表现在对待嫂子的昔日恋情上，用成伍的话，他的今天要搭帮哥哥呢。

　　成伍说，他那次踏进哥哥家门的时候，确实抱了一种庸俗心理的。那包里，装了四条精装芙蓉烟，但他偏偏又想装得不太庸俗，因此包里还装了一个堪称艺术品的烟灰缸。

　　那就是后来很被哥哥看重又被嫂子摔坏了的这个烟灰缸。

　　这烟灰缸是很花了成伍一番心思的。他去乡下走亲戚，在一条小河边发现一块状如小南瓜的白石头，便喜滋滋揣了回来。虽然炒了几年石膏粉,毕竟艺术细胞没炒焦。这白石头雕个什么很有味哩。正好该找杜股长了,就把这白石头雕刻出来做件上门礼不好吗?杜股长喜欢的话,就赶紧从雕刻上牵出话题,把自己当初因根雕生的事翻出来,求杜股长为自己洗刷洗刷。

但杜股长是否一定喜欢呢?成伍犯难了。他摸不准杜股长有多少艺术细胞。他知道如今上领导的门,不是"手榴弹"(酒)就得"二十响"(烟),杜股长是不是也爱这套?终于,成伍灵机一动,雕个别致的烟灰缸,既是艺术品又是实用品,杜股长不能不喜欢。一喜欢烟灰缸,顺便再送上几条烟,算是配套礼物吧。哪怕杜股长并不抽烟,领导家里来客多,烟灰缸和烟都用得着的。

而且,从烟灰缸牵出当年愚公抽烟的事,再顺当不过了。成伍很赞赏自己。送礼送得很艺术。

然而这烟灰缸并没引起哥哥太大的惊喜,弄得成伍不知怎么把话题带出来才好,倒是哥哥主动把话题牵出来了。

哥哥说,成伍,我知道你为什么来了。你那包里肯定还有东西。是什么?烟吗?

成伍好不尴尬,畏畏缩缩地把包里四条烟拿出来,话也结结巴巴,杜、杜股长,一点、一点小意思……

哥哥又呵呵一笑,叫嫂子再给成伍的杯里筛点茶。

成伍更加恓惶无措,先是用手挡嫂子的茶壶,连说不用不用,接着又赶紧捧起茶杯,连道谢谢谢谢。弄得嫂子把茶都筛到了地上。嫂子心里说,这个人也太没劲了。

哥哥摆摆手,成伍,你别太紧张嘛。有什么紧张的呢?我是个人,你也是个人,你比我还高一头啦。又说,我知道你来的目的。这事,你不来,组织上也要为你解决的,已经在研究哩。当初对你的处理,是错了。

成伍瞪着眼,望着哥哥。渐渐地,眼里就漫了泪水。再接着，鼻子里也有了响声。

哥哥又摆摆手，别这样，别这样。脸上也动情起来。

嫂子加紧动作，又是给哥哥杯里换热茶，又是往成伍面前的茶几上抓糖果，拼命冲淡气氛。

还是哥哥能克制情绪，手一挥，好了，都过去了，往前看吧。他走到成伍身边，拍拍成伍肩头，很快会让你重新回到设计岗位的，你就努力干吧。

成伍站起来，嘴唇抖索，努力干，我一定努力干。抹着眼睛要走。

哥哥拿起茶几上的四条烟往成伍提包里塞，说，烟，我可不能收。就收下烟灰缸吧。它是你的艺术佳作，我留下做个纪念。

成伍说不出话，紧紧抓住了哥哥的手。

我采访成伍之后，又和哥哥说起了这事，我把成伍赞扬哥哥的话原原本本告诉了哥哥。

哥哥微微笑着听，末了说，其实，他的感激是多出来的。本来就错整了他嘛，让他委屈好几年，恋人也丢了（说到这里，哥哥停一下，轻轻摇摇头，神情坦诚而又感慨深含），现在只是把本来属于他的还给他——当然，恋人是没法还的了（哥哥又停一下，笑笑）。因此说，他越感激，我心就越要内疚，也越要吸取教训，再不能乱整人了，尤其你手里握着权的时候。人家的命运可是捏在你手里咧！

我望着哥哥，点点头。我觉得成伍那句话并非客套的溢美之辞。哥哥确有当领导的气度。他已经提为二轻局副局长了，他是会继续往上提的。

我以成伍的命运写了篇通讯，标题颇为新颖：《他差点不是厂长》。关于成伍的宣传已经不少，都是介绍他如何从严治厂，使一个士气涣散的工艺厂面貌一新；或如何以艺术养厂，提高产品质量，使产品打入国际市场之类。而我另辟角度，专写成伍不寻常的经历，且用颇具文学色彩的笔调，细细描绘了他送礼的场面。我觉得这是我在县广播站从事采编工作的数年中写得最精彩、最动情的文章。县广播站播出后，省报也采用了，还加了个编者按，我至今记得其中一段颇具分量的话："读罢这篇通讯，我们为成伍遗憾，也为成伍欣慰。希望更多手中有权的同志能读读这篇通讯，与我们一起遗憾一起欣慰。"

省报登了文章，成伍更出名了。而哥哥家里也突然热闹不少，好些熟人都要看看成伍送哥哥的那件礼物。这些熟人大都跟哥哥一样带了"长"的，说话也就不带顾忌。这个说，老杜，你可是得了个"运气缸"啊，就等着好运吧。那个说，伙计，你还真有点聪明，当初要收下人家的烟，这文章可就不好写喽。哥哥微笑着，并不跟他们玩嘴皮，只拿出烟灰缸让他们欣赏。对烟灰缸的评价就不一致了。有说好看的，有说不好看的。但都认为石头做烟灰缸很不错。于是有好几位想向哥哥要过去，说哥哥又不抽烟，拿着没用。

哥哥这就玩嘴皮了，攻击人家，你们只晓得抽烟抽烟，懂什么艺术呀？这艺术品摆你那儿糟塌了。

于是哥哥真的对烟灰缸珍重起来，来不来客都把它摆在茶几上。嫂子也跟着珍重，时刻将它擦得亮亮的。

倒是成伍不以为然，说，现在看起来，只能算平平之作。哪次我抽空再搞个好的吧。

但成伍始终没空。成伍一天到晚忙得很。有一点空便跑到哥哥家来了。哥哥在局里分管生产，成伍很多关于厂里的事要向哥哥汇报。哥哥也欢迎他多来，说，常来聊聊吧，让我多了解点下面情况，脑袋里也多装点你的新东西啊。

嫂子早已彻底地去了窘态。她从一个注浆工变成厂里的统计员，很感谢厂长成伍。她甚至想把自己一个刚离婚的堂妹介绍给厂长，看到厂长如今已经引起很多女人注意，其中还有未婚姑娘，也就没说出口了。

哥哥也关心成伍的婚事，说，挑中一个没有啊？该把问题解决喽。有个家，工作起来才无后顾之忧啊。

成伍笑笑，快了快了。

嫂子问，哪里的呀，能先透透吗？

成伍说，能透能透，又不是保密件。一个小学教师，三十二岁的大姑娘。

哥哥问，人怎么样嘛，外貌啦？人品啦？

成伍又笑笑，说，可以吧。

哥哥点点头，那就好喽，那就好喽。

嫂子说，什么时候办？我们可要去喝喜酒的呀。

成伍说，你们不来喝喜酒我还不干呢，骂你们摆架子咧。望着哥哥又笑了。

哥哥也笑了，说，再摆架子还能摆到你这知名厂长面前呀！等着吧，到时候没好酒可打发不了我哟。

成伍手一扬，好，定在元旦。届时大红柬恭请。

可是元旦那天，哥哥却没有去喝喜酒。嫂子也没去。

成伍也没料到，才几个月时间，哥哥的命运发生了这么大变化，突然就从副局长位置上跌了下来。

处分是元旦前一天宣布的。"撤销行政职务"还加个"党内严重警告"。

哥哥一下子沉默了，整天坐在沙发上。

嫂子也一下子蒙了，守在哥哥身边落泪。班也没去上。这处分够严重了，像一把斧子，猛地就把哥哥的前程砍断了。嫂子落了一天泪，第二天就跑回娘家，冲着爹哭叫，起屋起屋起屋！把他的骨头也抽出来起了屋吧！嫂子的爹勾着脑壳闷声不响，霜打的白菜秧一样。

城里是突然刮起一股起屋风。那屋子一座比一座起得漂亮。也不知怎么冒出这么多有能耐的人。嫂子的爹也要跟着起屋。他自己没多少能耐，但他有个有能耐的女婿。女婿是二轻局副局长，管一片工厂，要弄东西能弄东西，要通关系能通关系，搞块地皮弄点基建材料应该不难。因此他一趟一趟上女婿家去，向女婿提要求提得大大咧咧。他觉得这没什么不大大咧咧的，他的晚年幸福，他两个儿子的成家，女婿都有义务关心。何况屋子起好了，女儿女婿也可以回来住，公家的宿舍毕竟不牢靠的。

问题是哥哥也太不清醒了，这就是所谓"亲情软化原则"吧。岳父的要求他尽力去满足。哥哥认为，利用职权之便搞点关系弄点物资在社会上毫不足怪，他这算不了什么。

哥哥没料到，起屋风引起了省委注意。因为刮起屋风的人多为干部，干部拿国家工资，能有多少钱起屋呢？省委下了文件，要清查。这一清查可查出了一批有问题的。哥哥便是其中一个。当然还有比他官大的，两个县级领导呢。

什么事情都怕撞到风口上。上头批示，严肃处理。于是，哥哥一下就从副局长位置上栽了下来。

我去宽慰哥哥的时候，成伍也来了。

哥哥没给谁打招呼，默默地在沙发上坐着，抽烟。一手夹烟一手端烟灰缸，神情漠然。

成伍带来一个包，鼓鼓的。他没打开，先搁在身边，也默默坐着。我不知道那包里是什么。我知道他刚办了婚事，我想这个时候送喜糖来是太不合时宜了。

我也默默坐着。想不出该对哥哥说什么。

嫂子给我们筛了茶，也坐下，一声接一声地叹气。

成伍开口了，对着嫂子，别太难过了。也没什么。人生嘛，常常有失有得的。得也不见得就好，失也不见得就坏。

嫂子没吭声，仍然叹气。她还不想对人生做什么哲学思考。她只觉得丈夫栽得太惨。

我看看哥哥，哥哥仍然那副姿势，神情也仍然漠然。

然而那左眉梢始终在一弹一弹地跳。

我只能继续沉默。

记得小时候和哥哥比赛放风筝的时候，第一次知道哥哥的左眉梢跳。风筝是伯伯扎的，伯伯很会扎风筝，给我们一人扎一只鹞子，说你们比赛吧，看谁的鹞子飞得高。哥哥比我大四岁，已经读初中，当然比我会放风筝。那风筝一升空就远远超过我的。我急得满脸通红，却没法赶上他。哥哥笑着，眼睛很亮。突然，他慌了，别人一只风筝和他的风筝绞了线。他拼命扯线，却越扯越糟糕。我兴奋得很，我的风筝很快飞到他的前头去了。我叫着，哥哥你输喽！哥哥你输喽！哥哥沉着脸，只好将风筝一点一点往回扯，还责怪旁边那个放风筝的，你怎么搞的嘛！那是个大他一点的姑娘，正在气恼中，尖声朝他叫，我怎么搞的？你自己才怎么搞的呢！我为了维护自己的胜利，也帮姑娘的忙，就是，你自己技术差劲嘛。哥哥没回嘴了，左眉梢跳起来。我更起劲了，哟，还眉毛跳呢，跳得像条吐丝的蚕呢！哥哥仍然没作声。等风筝终于收回手里，他狠狠将风筝扯得稀烂。我这才呆住了，怔怔地望着哥哥。

事后，伯伯告诉我，你哥哥左眉梢跳了，你就别惹他了。

成伍终于要走。他太忙。临走他把包打开了，从包里提出四条"白沙"烟，向嫂子说，给杜副局长抽的。男人一抽烟，什么都化在烟里了。

嫂子赶忙阻拦，正是说他谋私了，还能这样？

成伍嗨一声，怕什么，我成伍的烟抽一百条也坏不了事。将烟搁在茶几上，走了。

哥哥始终没对烟表示什么，只是在成伍走的时候看了他一眼，算是礼节。

我望着茶几上的烟，心想哥哥已经不是"杜副局长"了，就索性"谋私"一下吧。

然而再望着哥哥，禁不住又要想，当初不肯收下成伍四条烟的时候，会料到今天吗？

人，太难把握自己了。

但我毕竟同情哥哥。参加工作后忙，我去哥哥家少了，这以后我常常去坐坐。我懂得这种处境的人最怕别人冷淡了。但哥哥好像很快就解脱出来。跟我聊天，谈笑，神态自若。嫂子说他跟原先一样能吃能睡了。

烟当然是一直抽下来了。而且总是一手夹烟一手端烟灰缸，那烟灰缸在手里转来转去，叫人觉得实在是为玩烟灰缸才抽烟的。还常常要扯点关于烟灰缸的话题。比如让我说说烟灰缸像什么之类。

我不能不钦佩他。哥哥的气度再一次表现出来了。

有一次我碰到成伍，和他说起了哥哥的气度。成伍说，气度并不简单地是个秉性问题，而是一种生活目光，对生活有一种哲学力量的穿透。

我深以为然。

哥哥在指出烟灰缸像个篮子的时候，就说了一段颇具哲学色彩的话：生活就是一只神秘的篮子，有时候你看它什么都盛了；有时候你看它什么也没盛。又说，每个人也是一只篮子，一辈子不停地往里面装呀装。但到底装了什么？谁也说不清楚。

我哑然了。我惊异哥哥审时度势的深透。也许，只有当一个人遭受大挫折后才能有这种深透。这也是成伍说的"有失也不见得坏"吧。

成伍也为哥哥的"篮子"理论所折服。成伍说，精彩，太精彩了！我自己都没想到要设计成个篮子呢。你哥哥真了不起。看来，我也成了只篮子了。

于是我在想，我是不是也去求成伍雕个烟灰缸，也要设计得有篮子的意境，好好地摆到茶几上？我抽了多年烟，烟灰缸一直是个小瓷碟呢。

我想跟哥哥探讨一下，如何跟他的烟灰缸造型有别却风格一致。

也就是在这时候，哥哥的烟灰缸被嫂子摔坏了。而且正是那扁颈的上半部分摔碎了。篮子的形象被彻底破坏。

嫂子懊悔得直落泪。

她也是太替哥哥珍爱烟灰缸了，抹了不够还要拿到水笼头下冲洗。一个失手就让烟灰缸掉到水池底。

虽然哥哥没责怪嫂子，但嫂子不停地责怪自己。

我便给嫂子出点子，是不是找成伍想想办法？

嫂子说，这时候不好找。厂长要提拔了。却有不少告他状的，心里怕要不舒畅。

关于成伍要提拔的消息，我也听到了。说是要提拔他当二轻局副局长，抓生产。正是哥哥原来的位置哩。

我向哥哥说起这事。我说，成伍到了今天，更忘不了你啦。

哥哥淡淡一笑，一切在他自己嘛。

这天，成伍来了。成伍向哥哥抱歉，好久没来看你了，太忙。哥哥摆摆手，表示没关系。

嫂子说，厂长你升上去就更忙了。

升上去？成伍耸耸肩。他告诉哥哥，上头有提他的意思。他自己还没想清是不是好事，告状的倒先忙起来。有告他经济问题的，有告他利用职权搞不正之风的，甚至有人把当初的根雕风波也翻出来，说他政治倾向有问题。

看看，我是越来越掉进热闹中了。成伍向哥哥摊摊手，苦笑笑。

哥哥没说什么，抽一大口烟，叹气一样呼出来，然后伸手弹弹烟灰。

成伍突然发现什么，那烟灰缸呢？他问。茶几上摆的是个玻璃烟灰缸了。

嫂子回答，摔坏了。都怪我。

成伍哦一声，说，我再雕一个漂亮的，用紫石。厂里不是新进了一批紫石吗？！成伍又向哥哥比画着，这些紫石好哩，新发现的，地质年代属寒武纪，莫氏硬度达四点五级，雕刻好料哪。

哥哥摆摆手，莫费神喽，你那么忙。

成伍摆摆手，没事没事。他要走了，一边走一边说，我挤两个晚上吧。

嫂子却追出门，塞给成伍一个牛皮纸包，轻声说，厂长你要费神就费费这个神吧。他看重得很哩。

成伍打开纸包，是那摔坏的烟灰缸。

能修好吗？嫂子问。

成伍想了想，说，我抽空再去乡下亲戚家跑一趟，也许那河边还能找到块小白石头，配一根颈粘上吧。

嫂子感谢不尽，高兴了。她想着哥哥重新将这烟灰缸在手里把玩的情景。

然而半个月过去了，烟灰缸还没修好。成伍的"空"是太难抽出了。

倒是关于成伍的调查组来到了哥哥家。

调查组是县经委的，两个人。要找哥哥了解当年成伍的根雕风波。他们认识哥哥，话也就坦率。他们说，这事本来不可再翻弄了。但现在又强调思想倾向和政治立场。有人反映成伍当时还说了些对领袖有恶意的话，想了解一下。

哥哥沉默很久，一口一口地抽烟。一根烟抽了一半，才说，当时，成伍并没说什么对领袖有恶意的话。我在场的。

调查组两个人哦一声。点点头。

但是，这个人思想倾向是值得注意。哥哥又说了。给他落实政策时，他送了个石雕烟灰缸给我，烟灰缸雕得像只篮子，他自己承认这设计是有深意的。后来他也说了，人生是只篮子，他自己就是只篮子。这话什么意思？人生一世，不断捞取嘛。我看这人还是蛮会捞取的。

调查组两个人一边听，一边认真地往本子上记。

调查组走后一个星期，成伍来了。

正好我也在。

成伍带来那只烟灰缸。

还真被他在小河边找到一块小白石头，跟烟灰缸一个颜色。粘上的颈几乎看不出破绽。

成伍将烟灰缸摆在茶几上，对哥哥说，难得你这么珍爱拙作啊。

哥哥笑笑，太费你的神了，太费你的神了。

成伍又转向嫂子，可别再摔坏，我走了就没人给你们修啦。

哥哥扬起眉，走？走哪儿去？

成伍说，深圳。我妻子一个表姐也是搞雕刻的，在那儿拉外资办了个雕刻研究中心，邀我去哩。

嫂子说，厂长你不去二轻局当副局长了？

副局长？成伍晃晃头，笑笑，吹喽。招这么多告状的人，当副局长合适吗？又转向哥哥，不过我也不想当官了，还是搞我的艺术去。

哥哥微笑笑，没表态。

我感慨不已，说，这一下，你跳出热闹了。

成伍耸耸肩，向我做个很洒脱的笑。说，走之前，也该给你雕刻个什么做纪念吧。

我说，正想找你雕个烟灰缸呢。跟这只一样像只篮子，但造型不同。

成伍调侃道，都这么喜欢篮子？又一挥手，好吧。告辞走了。

我和嫂子送成伍出门，哥哥只说了句好走，仍坐着没动。自从哥哥被撤职，再不送客出门了。

在门外，我又一次向成伍叮嘱烟灰缸的事，我太担心他的忙。成伍一再保证，让我放心。又调侃一句，不过，我可不搞三包，你也别摔坏了啊。

我和嫂子都笑了。成伍也笑了，笑得很响。

我想，成伍也许是真心要去搞艺术了，这么开心。

送走成伍。我和嫂子都高高兴兴回屋去。

刚走到门口，就听得屋里哗啦一声大响。

我和嫂子急忙奔进屋。只见哥哥面前的地上，那只刚修好的烟灰缸已成了碎片。

我和嫂子都怔住了。

哥哥坐在沙发上，神情无动于衷。只有那左眉梢在一弹一弹地跳。

豆腐里的泥鳅

　　那弯弯长长的街道是绝对被雾浸化了，水泥地面看上去潮润而软柔，一如捞出盆的猪肠子。两旁挨挨挤挤的楼房也就跟着潮乎乎地抹去了参差的不齐，一律将上半截融入了雾里。整个城市便弄得模模糊糊起来，这味道很有点虚渺或空灵什么的。

　　群子就踏着这虚渺或空灵走。情绪实在好，看那细细的腰扭得简直就如风摆柳枝。还哼着曲子。曲子听不太清，扁担的吱吱嘎嘎和它糅在一起。不过扁担的颤颤悠悠也如那腰一般出了韵律。于是雪白的豆腐便在这一颤一悠中漾着诗意，袅袅的热气忽上忽下不是正如"思想的青烟一缕一缕"？

　　那是眼镜的一个美诗句。眼镜为自己这个诗句激动得双手打抖。刚装进碗里的两块豆腐也被他晃到地上。群子使劲抿着嘴不笑，又给他装了两块。他不肯要，没多带钱出来。群子就一迭声说算了。于是第二天早上他又来了，硬要补上两块豆腐的钱，还送给她一首龙飞凤舞的诗，标题就叫《思想的青烟一缕一缕》。

　　后来在朗诵会上眼镜就朗诵了这首诗：

　　　　当目光与宇宙射线对接
　　　　当末梢神经沾满太阳黑子

当血液与银河淌在一起
我——一个地球上用泥巴做成的人
轻轻地没有了
悠悠地没有了
只有思想的青烟一缕一缕

　　一片掌声叫好声呼哨声。群子也大睁双眼蒙蒙地跟着激动。她当然领会不出这短短几句诗是何等地杰出,虽然读过乡里的初中却对诗一点也不懂。思想的火焰,感情的波涛,对抽象世界的具象把握和对具象世界的抽象概括……最恰切的比方就是一锅滚沸的豆汁凝成晶莹的豆腐吧。群子便由豆腐又生出了兴奋,眼镜经常吃她的豆腐肯定会写出好诗句呢。报上登过,豆腐于大脑很有补益。要是加上泥鳅就更有补益了。报上虽然没说,但村里人都这么说的。

　　于是在这清晨的雾里就有一辆单车朝群子冲过来了。

　　群子便脆脆地叫:"贵痞子!"一眼看到了单车后架上挂的鱼篓子。心里很满意,昨天托人带去口讯今天就送泥鳅来了。

　　贵生将单车停在群子面前,汗淋淋的脸还要笑:"想吃正宗的田泥鳅了?"

　　"不是我吃。"群子放下豆腐挑子。

　　"哪个要吃?"贵生挑起眼。

　　"管好宽呀你!"群子瞪他一眼,"多重?"

　　"要是你吃就莫算斤两了。"贵生便把声音低下去。

　　"跟你说不是我吃嘛。"

　　"那就是一斤半。"

　　"其实早做下不是我吃的准备呢。"群子哼一声,又撇着嘴笑。不等贵生分辩什么,将钱塞他手里,将鱼篓子挂在挑子上,挑起挑子就走。

贵生木木立着，眼望那一个优美动人的韵致很快融入雾的深处。

眼镜写诗的劲头是越来越大了。这劲头就来自群子。谁说缪斯女神已沦落成乞儿？连一个乡下姑娘都要来参加朗诵会，而且每次朗诵会上都要献上一束鲜花哩！

一大束鲜花比一片掌声叫好声呼哨声更激动人心。那简直就是一团灿烂火焰，将眼镜周身的血液都点燃了。

"群子，太谢谢你了！"眼镜便在回家的路上衷心地对群子说，还抖一抖单车龙头。那龙头上插着一大束鲜花，在幽幽路灯下如一个五彩的梦。

群子微微低了头，眼就看着那一大束花，让花的芬芳在脸上漾动。

"都是些什么花呀？"眼镜问。

"山茶花、野菊花、狗耳朵花、红果果花，还有毛边花……"群子慢慢地数，脚也慢慢地走。她不肯让眼镜用车带她，她只希望这弯弯长长的街走不完就好。

"都是去城外采来的吧？"眼镜又问了。

群子点点头。每次诗人们要举行朗诵会了，她就早早地吃了午饭，跑到城外那一片山坡上去采花。山坡上野花斑斓，群子在这斑斓中如一只粉蝶飘来飘去，为自己献花的举动久久地兴奋。电视电影里都是动不动就送一束花的，多么地诗情画意。哪里像乡下，不管什么都提一刀肉，或捉一只鸡，要不就挽一篮糍粑，好像人来这世上就为了一张嘴巴。

当然嘴巴也很重要。眼镜看到群子送上泥鳅时眼都亮了。他最爱吃泥鳅，用油炸。只是没见过群子这种做法。群子就颇为显摆地做给他看。将鲜活的泥鳅挑了肚，放进半锅冷水里淋上生菜油，滴几滴醋，盖上锅盖煮。眼镜挑起眉："这不腥得很？"群子微笑不语。待水烧沸，掀开盖，放进切成小块的豆腐，撒上姜丝葱末和盐，再盖上盖煮一小会儿，揭盖，只见锅里波涛滚滚，一条条乌油油的泥鳅在雪白的豆腐中翻上钻下。群子说这叫"金龙白玉汤"。眼镜迫不及待舀一勺汤，吸着气尝一小口，立即就"啊"一声，晃着头："美极了！"

群子一脸兴奋迸射，告诉眼镜："最滋补了。清朝时候我们村里出了个状元，就是专门吃这个的呢。"

眼镜立即问："那你不多吃点，考个大学？"

群子低了眼："我们村一个大学生也没有……田里老打农药，泥鳅越来越少了。捉了泥鳅也只想卖钱。"说着精神又扬起来，"我有个初中同学叫贵生，捉泥鳅成精了，每天清早提只鱼篓子出去，从没空手回来过。村头有家小饭店专供过路司机打中伙的，就靠他供泥鳅呢。"

眼镜听得有味，嘴里起劲吃。忽又问："这泥鳅是你买了他的吧？多少钱？"

群子笑笑："你只管吃就是了。"

眼镜就只管吃。以后也只管吃。群子常常会送泥鳅来。群子还说，包你诗越写越好哩。

眼镜也觉得诗越写越好。朗诵会上的一片掌声叫好声呼哨声是越来越热烈了。再加上献花，很有种明星场面的味道呢。

当然献花的人多几个就更好了。仅仅一个献花的是稍稍单调了点，还是个乡下妹子，还是个初中文凭的。

一想到群子，眼镜就难免有点惋惜。袅袅婷婷抱一束花，是何等地富有诗意。这样一个动人的姑娘，为什么要从乡下来呢，而且只上过初中！

于是朗诵会结束后，走在回家的路上，眼镜看看走在身边的群子，心里就有种说不清楚的滋味。路灯将他俩的身影若即若离地描在水泥地上,单车龙头上那一束花就不断地点头。街上行人不多,两旁的楼房大多静静缀着点点灯光;也有霓虹灯在闪烁,三三两两的人在那五颜六色的闪烁下出没,竟像皮影戏里的人物。与大雾朦胧的清早比起来,小城的夜晚是模糊和明朗混杂的。

"你真了不起。"群子盯着地上的影子突然说,又抬起头来望着眼镜。路灯的橙红色光立即将那张脸变成一朵花,比龙头上的花更动人。

眼镜也站住了。那花鲜艳芬芳地向他开着,他脖子在微微颤抖,头禁不住要向那朵花俯过去。

却又迟迟不动了。那股朗诵诗的激情和浪漫呢?他在寻找着。

终于,他嘴角动了动,又继续走。

贵生到底晓得群子送泥鳅给谁吃了。

他偷偷跟踪了群子一次。

群子风摆杨柳到了一个阳台下,放下挑子提起鱼篓子,仰着脸脆脆柔柔地叫一声:"哎——"一副眼镜就从阳台上探了出来。

贵生心里就久久地酸着。那长长的一声"哎"实在是一缕灿烂的阳光,将雾都映成粉红了。群子从没这样动人心魄地"哎"过他,总是尖起嗓子:"贵痞子!"不过以往他也喜欢群子叫他"贵痞子",尤其跟他去田里捉泥鳅时,不时指着泥缝叫:"贵痞子,这是不是泥鳅穴?"他一概地点头。群子就学他的样,将两根笋尖似的手指插进泥缝,左右一探,看他一眼,又将泥巴抠开,再看他一眼,索性双手动作,刨个脸盆大的坑,泥鳅影都没有。贵生这才呵呵大笑。群子气急败坏叫:"骗人骗人!臭痞子死痞子,痞子名堂一箩筐!"尖脆如铃的声音在广袤的田野里如阳雀子一样蹿。

贵生就不得不承认自己的痞子名堂确实多。小时候就爱捉弄群子的，偷偷朝她头发里撒一把粘草籽，或者偷偷给她课本里夹进一只死蚱蜢。长大了，常常还忍不住要给她耍点名堂。有一次，他将一条刚捉到的泥鳅抛进群子领口里，群子跳着脚，手在胸口上乱拍，好一阵泥鳅才从衣襟下掉出来。他缩着脖子嘻嘻笑。群子瞪起眼，拼足劲骂："痞子！痞子！"眼里漫了泪，胸脯起伏着。贵生有点惊惶，这才发现那胸脯跟小时候大不一样了。脸顿时红起来。

后来脸又红了一次，送群子走的时候。群子要去县城卖豆腐了，叫贵生用单车送。贵生一边蹬车一边恨群子那个堂叔，自己在城里打豆腐就行了嘛，还要把群子拽去。心里的咕噜就冒出嘴来："卖豆腐有什么好？"

群子却立即在身后反诘："卖泥鳅才好？"

贵生噎住了。又反驳："我是在乡下卖泥鳅。"

群子又反诘："你为什么不去城里卖泥鳅？好多年轻的都进城了，你硬要守在乡下？""城里远嘛，一点点泥鳅送到城里划不来呀。"

"那你莫卖泥鳅，去城里打工嘛。"

贵生又噎住了，自己除了会捉泥鳅还能有什么本事呢？他大声说："城里闹哄哄的。而且城里人痞子名堂也多。"后面一句话其实是要警告群子。

群子却用手指在贵生背上戳一下："比你的痞子名堂还多？"然后就咻咻笑了。

贵生只好红了脸，狠狠地蹬车。

群子又在阳台下"哎"了，"哎"了好几声，眼镜却不出来。隐约听到眼镜在屋里叫喊什么。眼镜的父亲早病逝了，母亲在省城的医院进修，家里没别人了，他在跟谁叫喊呢？

群子提着鱼篓子跑上楼去。

眼镜在屋里团团转，仰头伸臂，神情激昂："诗永远是伟大的！神圣的！你不能消灭她，你消灭不了她！"

群子吁一口气，轻轻叫一声："哎。"

眼镜回过头，立即扑过来，紧紧搂住群子打旋："发表了！发表了！我的诗终于发表了！"

群子跟着眼镜旋，鱼篓子掉在地上，泥鳅在地上扭动，群子不管。她已经晕了。

眼镜决定提前开朗诵会，让诗友们为他的成功陶醉一番。

诗友们肯定要陶醉一番。苦苦追求天天奋斗，终于冲出一个来了。这可是在缪斯女神大受冷落的时候啊。一道曙光亮在了所有人的眼前。于是这个朗诵会开出了空前的盛况，一位诗友甚至动员了未婚妻的哥哥，将他经营的一间小卡拉 OK 厅无偿提供。麦克风彩灯一应俱全，还有音箱里水一样流出的音乐，是德彪西的《牧神午后前奏曲》，正在爱琴海边沐浴的森林女神一齐为诗朗诵跳起了朦胧而神奇的舞蹈。所有的诗友都将眼睛半睁半闭，一种醉入艺术深海的沉迷。只有群子大睁眼望着眼镜，那个大声朗诵的人浑身披着一层金光。她抱着鲜花在这金光里激动得浑身发抖。

为了这朗诵，群子特意为眼镜做了晚饭。她要为眼镜做一道最鲜最补脑的菜。她将一条条活泥鳅放入炽热的锅里，立即又放入大块的豆腐，让泥鳅拼命往凉凉的豆腐里钻，再赶紧加上热水用猛火煮。水煮干了，又用香油将藏了熟泥鳅的豆腐煎得两面黄灿灿的，再切成小块，那泥鳅也被切成了一截一截，黑宝石一般嵌在外焦里嫩的豆腐块里了。最后，配上调料下锅炒一下，满满地盛了一大碗。

群子告诉眼镜："这叫'金银珠宝'。"

眼镜惊疑："那泥鳅肚子不用挑了？"

群子晃晃头："这有个秘密。"

眼镜追着问秘密，群子就细细说了，先把泥鳅放清水里饿三天，再往水里滴几滴生菜油"漱"一天。饿急了的泥鳅争吃了油花子，就拉肚子了，直把肚子拉得空空的呢。群子怕眼镜不放心，又补充："贵生说了，这泥鳅他'漱'了两天呢。"

眼镜放了心，大吃起来，嘴里不停地夸："好吃！太好吃了！"

群子就微微地笑，歪着头看他大口地吃，说："你今晚的朗诵肯定比哪一次都精彩！"

却怎么也没料到，朗诵竟砸了锅。

一想起来，眼镜就唉声叹气。群子就哗哗地流眼泪。

眼镜总怀疑是吃了"金银珠宝"，因为泥鳅没挑肚。群子当然委屈，怎么解释也不行，索性赶回村里找贵生，逼贵生立即捉半篓泥鳅，她要亲自吃给眼镜看。

吃得也确实动人。连"漱"都不用了，满满一碗端到眼镜床前，大口地吃给眼镜看，一边说："看我拉肚子不！看我拉肚子不！"

当然没拉肚子。每天清早照样去卖豆腐，卖完豆腐照样又来帮眼镜做饭洗衣打扫房间，十分周到地伺候他，让他一心一意养病。

眼镜的病其实早好了。吃了两天止泄药就好了。但既然群子硬要把他当病人伺候，多享受一下也行的。就倚在床头，看着群子忙这忙那，一脸细密的汗粒亮晶晶。心里就有感动，拿起枕边一本刊物递过去，说："群子，送你这本刊物。"

群子呆住了。半天才移过步来，双手在衣襟上用力擦一番，接过刊物去，嘴唇都抖起来。眼镜一共才十本刊物，是编辑部让他推销的。他大都赠给了诗友，仅仅留下两本，现在居然送一本给她了。

"我会永远珍藏的。"群子激动地说。

眼镜点点头,又盯住她:"会朗诵吗?把我的诗朗诵一遍。"

群子点点头,学眼镜的姿势站好,清清嗓子,大声念起来:

当目光与宇宙射线对接
当末梢神经沾满太阳黑子
当血液与银河淌在一起
我——一个地球上用泥巴做成的人
轻轻地没有了
悠悠地没有了
只有思想的青烟一缕一缕

当爱情的符号变成星星
当星星的情感拼成月亮
当月亮的灵魂烧成太阳
我——一个浑身毛孔都盛着欲望的人
彻底地没有了
永远地没有了
只有思想的青烟一缕一缕

群子念得很有激情,尽管普通话太不标准,但彻底进入了角色。念到"爱情"二字,一张脸激动得血红。

眼镜也激动了。这第二节是经过多次修改加上的。在朗诵会上朗诵到这一节时脚都跺起来了。要不是肚子突然一阵疼,要上厕所的急迫冲掉了一切激情,不知道会是怎样一个辉煌的效果!

朗诵完了,群子望着眼镜,等他的评判。脸依然血红着。眼镜也望她一阵,猛地拉过她去,紧紧搂在怀里。群子顿时软了,眼里全是痴迷。

"爱情的符号……是，婚姻吧？"群子喃喃地问。

眼镜一怔，手里渐渐松了劲。他轻轻将群子推开了。

毕竟不是一个层次啊。眼镜心里叹道。

贵生突然有了感觉，群子在哭了。

果然在哭。哭得好伤心。手在推磨，泪水一串串掉在磨上又滚进磨眼里。那白花花的豆浆就从磨扇下汩得格外汹涌。贵生没作声，将一只手搭在磨把上，帮着群子推磨。群子也不看他，泪水掉得更凶，喉咙里也有了低低声音，终于撒了磨把，蹲到一边捂着脸，肩头拼命抽动起来。贵生咬着牙，把磨推得霍霍叫，心也咚咚跳，还是为泥鳅的事？

群子跑回村里找到贵生时，眉头都竖起来了："你说，你那泥鳅有问题没有？"

贵生当时吓得不轻，结结巴巴："问题？什么问题？"

群子手指点着贵生："是不是农药药的？"

"农药？他死了？"贵生眼珠瞪成鸡蛋。

"拉肚子！"

"拉肚子？"贵生松一口气，"拉肚子哦——"又憋不住笑了，想着眼镜提着裤子跑厕所的模样。

群子也憋不住，扑哧笑了。眼镜正展开双臂激情澎湃，突然就眉头一皱，双手捂着肚子，神情急迫："对不起，得去厕所一下。"满场都笑开了。

"晓得他肚子是什么问题。"贵生坚决起来，"反正不是我的泥鳅。农药泥鳅只让他拉肚子啊？"

群子想想，也是，便逼着他又去捉泥鳅，说要亲自吃给眼镜看。

贵生心里就酸酸的难受。还要亲自吃给眼镜看，这样怕他？

怕是肯定的，不怕不会哭。

群子蹲在地上越哭越上劲了，嘴里呜呜的，手全湿了。整个弯曲的身子都抖动起来。

贵生推磨的动作越来越慢，望着那十分生动的身子，心一阵阵地"冲"。终于，他停了磨，犹犹疑疑走过去，在群子身边蹲下来。"莫哭了。"瓮声瓮气劝。群子却将身子抖得更加生动。贵生用力抿抿嘴，壮起胆子将一只手抚在那圆圆的肩头上。反正群子的堂叔出去办事了。

群子干脆放肆哭起来。

"他，他骂你了？"贵生努力让声音充满温暖，脸上又有心疼又有欣悦。

"莫提他！莫提他！"群子气汹汹嚷，"什么了不起，'层次层次'的！几句诗就层次上了天？欺负乡下人……"贵生却一脸迷茫："层次？什么层次？"

群子不作声了，只是哭。她实在后悔，为什么要提出和眼镜结婚！让眼镜长长叹一口气，声调还幽幽的："我们不可能结合啊，毕竟不是一个层次——"把个"次"字拖得像个悠长的屁。

贵生用手在群子肩上轻轻抚着，说："回村里去吧。不受城里人欺负了。我说过城里人痞子名堂多！"

群子猛地扑进贵生怀里，哭着："回去！回去！"

贵生一屁股坐在地上，紧紧抱住群子，鼻孔喷着粗气，脸上烧着红光："跟我回去！跟我回去！"心里就豪情翻涌起来。"等会我还去找他，帮你狠狠骂他一顿！"停一停，又恨恨地说，"上次便宜他了呢，没叫他拉肚子拉成个干麻蝈！"

群子一下抬起脸，泪眼婆娑："你说什么？"

贵生一脸得意："我在'漱'泥鳅的水里滴了桐油呢！多滴几滴就好了！"

群子睁大了眼。一会儿，从贵生怀里挣脱："难怪哟——"

贵生还在得意："他什么了不起层次？还不是栽在我手里。"

嘿嘿，早替你报了仇呢。"又要去抱群子。

群子甩开贵生的手，站起来。

贵生也站起来，眨巴着眼。

群子盯住贵生，摇了摇头："痞——子！"

清晨，又是大雾朦胧。

弯弯长长的街道照例被雾浸化了，潮乎乎软绵绵的。两旁挨挨挤挤的楼房也继续抹去参差不齐，将上半截融入雾里。整个城市依然在虚渺或空灵着。

群子踏着这虚渺或空灵走。细细的腰一如既往地扭成了风摆柳枝。豆腐挑子当然也颤颤悠悠地如腰一般出了韵律。

只是情绪不大清楚，嘴里没哼曲子。

塑

一

小镇传统泥塑究竟传承了好多年，谁也拿不准。有说春秋时越国大夫范蠡助勾践灭吴功成身退，其女隐居在此，琴棋书画之余，偶捏泥玩传下来的；有说秦始皇命卢、侯二臣南寻长生草，卢、侯慑于君淫不敢空手归朝，躲在此地，卖泥玩为生始开塑艺的；也有排斥名人创艺之说，指出小镇塑艺仅为唐时一赤脚和尚所传，那邋遢和尚怀抱湿泥边走边捏，每得斋食便谢赠施主一尊泥塑，引小镇人兴趣盎然效而捏之的；还有干脆排斥一切外来文化之说，指出只是古时几个牧童在云山脚下放牛戏耍，撒尿捏泥，那泥玩竟在烈日下不断不裂，从此人们便以这上等泥料为塑的……真正的众说纷纭、莫衷一是了。然而有一点是众口一词言之凿凿：南明最后一位君主桂王自广西入湘后，小镇泥塑有十数件作为贡品入朝，甚得桂王喜爱，尤其一件大肚弥勒佛，桂王睡觉都搁在枕边。清兵犯湘，桂王匆退广西，扔下若干细软珍奇，泥塑却是一件不少带走了。君若不信，翻翻嘉庆版县志，第九十四页第五行至第九十五页第四行即是。

这传统塑艺自然是小镇人的自豪了。

最自豪的是顺成厂长。

顺成当厂长很有年头了，比敢闯与小镇泥塑结缘的年头还要长很多。小镇泥塑艺术品厂成立时，敢闯的爹妈还互不认识。这泥塑艺术品厂是镇领导根据本镇特色认真考虑研究后决定成立的。顺成当厂长倒不要考虑研究就决定了。理由自然摆着：顺成捏的泥玩意儿，是鸡公只差不叫，是兔子只差不跳。据他自己介绍，当年最为桂王喜爱的那件大肚弥勒佛，就出自他祖人之手。这话县志上倒没记载，信不信由你了。解放后不兴进贡，但顺成却有一件与祖宗同样自豪的荣耀：全国一片红海洋时，他捏的《红太阳去安源》在京城参加了展览。如今他家堂屋正中还端端正正挂着一张烫金奖状哩。

也实在不简单。向全国人民展览，拍了纪录片呢。毛主席一定亲自看过了。顺成一提这件事就眼珠亮如灯泡，脸上一片红光。

给你好多钱？敢闯常常就问。那神情藏着揶揄是肯定的。

这小子，良心卡在钱眼里了。若是自己的崽，早甩一耳光过去。若是厂里的工人，早骂个狗血淋头。偏偏什么都不是，顺成便只好将脸换成青色。

早先倒是厂里工人的。学徒三年，捏个老虎总像猫。顺成的儿子艺生出了师，又上了美术学院，又回厂当了设计室主任了，他还在拌泥。三十六元一月。

顺成觉得三十六元一月给他还多，那小子倒干脆，工资袋不要了，卷铺盖回家。顺成料定他不是当高级叫花就是变红眼赌棍，要不干专职"夜班钳工"，虽然缺艺术细胞，脑壳倒还灵泛的。

没想他别的一样不干，声称要独自"钻研塑艺"。两年功夫下来，居然胯下骑着雅马哈、胸口吊只测光调焦全自动，碰到顺成就扔一支"三五"过来了。

那也叫"塑艺"？顺成用力摇脑壳。

腿像臂，臂像腿，身腰没线条，脑壳像棒槌。色彩更是花里胡哨，整个一派俗气。

却偏偏销路那样好，皇帝的女一样。

就凭那脚不脚手不手的爪子里捧的一块小纸牌上写着四个字："赵公财神"。

如今的人哪！见赵公财神都喊爹了。顺成撇着嘴，鄙夷又愤慨。

当然最鄙夷愤慨的还是对敢闯那小子。一粒老鼠屎坏一锅汤，那小子的搞法不把小镇传统塑艺的名声都坏了？

一定要制止这种糟塌小镇泥塑艺术的行径。

敢闯却笑了，糟塌？还耸着肩膀。那肩膀任凭鸡鸭鱼肉都撑不出肉来，两片刀一样。

这个问题值得研究研究。耸过肩膀又耸鼻子，眼睛往上翻。为什么我这"糟塌"受人欢迎？为什么贵厂设计室主任搞的那些"抽象派""朦胧派"就你们自己宝贝，送给人家都不要？

这话像馊了的馒头，噎得顾成半天出不来气。

艺生那搞法也确实令他恼火。捏一团长长扁扁说不出什么形状的东西，涂一层不黄不绿、不紫不灰的颜色，就叫什么"秋天的印象"，又捏一个看不清眼睛鼻子、分不出屁股大腿、脑壳后仰长发飞扬的姑娘，叫什么"青春畅想曲"，还有那些叫人瞪眼猜半天的"旋转的路""七色的梦"，以及那些叫人更加莫名其妙的"夜的行板""太阳二重奏"……弄得眼睛发花、脑壳发晕。抗议是不止一次了，可儿子摇头晃脑说这才是真正的艺术，还搬什么什么教授的大套理论出来，压得他眼珠鼓鼓。

倒是顾客比他有权威。一批批卖不出去的泥塑退回来，终于叫艺生脑壳摇晃不起来了，满脸愁容哀声叹气，一副悲愤模样。

什么叫艺术呢？敢闯深入提出问题，要给顺成上课了。能卖钱才叫艺术。这是商品经济规律……

还艺术艺术,你们都在糟踏艺术!顺成吼出一句,喷敢闯一脸唾沫星子。

二

顺成决心捍卫小镇泥塑艺术。

这决心得到镇领导支持。镇长说,很好!小镇塑艺源远流长,深为群众喜爱,我们要让这朵艺术奇葩开得更鲜艳,装点人们的美好生活,为"四化"建设服务,很好!

顺成深受鼓舞,立即就把镇长的话变成一尊彩塑:女神捧花。一尊美丽的女神怀抱一束美丽的花,低头凝视人间,一副欲向人间撒奇葩的姿态。

镇长看了,极为赞许。

艺生却提意见了,一二三四地提。一是最好将花高举过头,姿势又美,花又突出又利于展现身体线条;二是将身体比例做点夸张,拉长下肢,使女神更加亭亭玉立,也使整个泥塑有一种秀挺感;三是改女神裙子红色为淡紫色,既素雅又突出鲜艳的花;四是将女神低头俯视改为仰头望花,神态更为热情奔放,也消除那种天地之间过分拘泥的空间形态,融天地为一,制造一种抽象朦胧的空间概念。

又是什么"抽象""朦胧"。顺成忍不住就要皱眉头。

镇长却连连点头:很好!这些意见很好!艺术就是要创新。一些现代派手法也要学习,吸收得好也是很好的咧!

顺成想了想,按艺生意见另塑一尊,仔细端详半天,也确实觉得很好。

马上生产一批。果然销路也很好。

顺成高兴了,扎实表扬儿子几句,便整天和儿子泡在了设计室。

父子齐心协力，废寝忘食。一批批艺术精品出来了。取材于传统故事的"嫦娥奔月"，取材于历史人物的"屈原投江"，讴歌"四化"建设的"四骏扬蹄"，充满生活情趣的"江边渔翁"，寓含生活哲理的"守株待兔"……真个是五光十色炫人眼目了。

顺成从来没有觉得自己的创造力发挥得这样好。当然也觉得儿子从来没有这样聪颖灵性。所以父子俩从来没有配合得这样协调。

三

敢闯肯定照常在捏赵公财神。

顺成不管他。稻田有稗，珠中有沙，十个指头还有短的。有我们大批的艺术精品，他一只跳蚤也掀不翻被子了。

小镇泥塑艺术品厂又红火起来，敢闯扔过来的"三五"，顺成又扔回去。

真正的艺术才能卖大钱！他亮着喉咙。

敢闯没吭声，笑笑。那眉头一高一低有点诡谲。

儿子提醒他：对敢闯之流不能不提防的。

果然，那小子又耍新名堂了：捏起观音娘娘来。那观音娘娘双手合十坐莲台，莲台上写几个字："大慈大悲普度众生"。仍是粗糙得很，脸像老太婆，莲花像葵花。销路却格外好，一个人捏不赢，居然雇了两个临时工。

艺生告诉爹，邻县一个佛教圣地整修了寺庙安置了僧人，远远近近去烧香的络绎不绝。敢闯就钻的这空子，将观音娘娘带到那烧香路上，大把大把赚香客的钱哩。

顺成听了，重重吥一下。

可是，小镇好些人都学那敢闯了，捏起观音娘娘来，一时节，粗糙的细腻的、站着的坐着的、手捧甘露瓶的双手合十的各式各样观音娘娘从小镇涌了出去。

顺成瞪起眼。这样下去，小镇塑艺不要被涂上迷信色彩？他强烈要求镇长管一管。

镇长锁着眉头在办公室踱来踱去。他觉得这涉及一个宗教政策问题，而宗教政策问题是一个颇为棘手的问题。镇长提议：先找敢闯同志谈谈吧。

敢闯倒爽快，对当前的观音娘娘热很是反对，表示要带头改变泥塑方向。

镇长很高兴，指着顺成说：应该向顺成厂长学习，用泥塑为社会主义精神文明服务。

顺成也很高兴，觉得敢闯到底算是在他们厂受过几年教育的。

艺生却表示怀疑。他认为一颗被铜锈严重侵蚀的心应该很难擦洗。

艺生的怀疑被证实了。敢闯捏出比观音娘娘更迷信的玩意儿来，一个与观音娘娘眉眼一样的女菩萨。怀里抱个胖小子，站在一朵祥云上，祥云上写四个字："送子娘娘"。

这小子又钻的计划生育空子啊。如今向一胎化看齐，想要儿子的人多啊！

小镇眼尖的立刻又跟敢闯学起来。一时间姿态各异神情不同的送子娘娘风起云涌。

这回有理由管管了。镇长一接到顺成报告，二话没说就往敢闯家走。

敢闯承认错误十分深刻。是的是的，那号泥塑对计划生育有不良影响我已经认识到了。其实我对计划生育最拥护的，我就只要一个女儿哩。他立即抱出三岁的女儿，让女儿挨个向镇长顺成艺生叫伯伯爷爷叔叔。

我已经对产品进行了重大改革，完全是歌颂计划生育的了。他放下女儿又拿出一件泥塑：仍然是个女菩萨，仍然抱个胖小子,只是没有祥云也没有"送子娘娘"几个字,且多了一条龙,将女菩萨驮在龙背上。

中国人的老思想只求送子娘娘保佑多子多福。我就塑个送子娘娘宣传一个孩子好。大家计划生育,中华民族保证巨龙腾飞!敢闯眉飞色舞、唾沫四溅。

顺成一脸鄙夷。什么构思!一塌糊涂。看那龙,要没两只角四条腿还当是条泥鳅呢。

镇长没点头也没摇头,嗯嗯唔唔走了。他向顺成解释,泥塑虽然不怎么样,但也不好制止的。艺术园地要允许百花齐放嘛。这是个文艺政策问题。文艺政策问题是个十分重要的问题。

艺生嘴角却挂着冷笑。他一眼看出那玩意的意思,愿君生贵子,贵子早成龙。

那小子捞钱成精了。

四

敢闯确实捞钱成精了。就在他捏的那玩意儿销路更好,又有一批人鸡抢食似的向他学时,他突然又换了名堂,在家门口挂一块牌子出来:"小镇传统塑艺研究中心"。

他要搞研究了,声称向全镇泥塑行业有偿提供构思新颖、想象奇特、富有美感、极具魅力的泥塑设计,保证产品老少欢迎畅销市场。

简直是滑天下之大稽!顺成好气又好笑。凭那份俗劲还能研究塑艺?

艺生却竖起眉头!这是个严重信号。小镇塑艺会受到极大污染,我们的产品将受到极大威胁。

有那么严重?顺成哼一下鼻子。斗了两个回合,他已经不怕那小子了。倒要看看那小子研究什么玩意儿出来。

一个脏和尚，歪着脑壳撇着腿，破衣破帽破扇破伞。虽粗粗糙糙，还是能一眼看出，正是大家围在电视机前津津有味看的那个济公。

立即就有好多人被这设计吸引了。

顺成摇摇脑壳，却不得不承认那小子确实心眼活。

紧接着，济公系列产品设计又推出来了：济公向赵公财神讨钱，济公向观音娘娘学艺，济公向送子娘娘求崽，济公和铁扇公主跳舞，济公和刘三姐对歌，济公斗超人，济公开摩托……

那小小研究中心的门快被人挤破了。

顺成终于沉不住气，又找到镇长。

镇长双手插腰爽朗地笑了，挥着一只手：不怕，他搞他的，你搞你的嘛。我们不能在政策上取消他，可以用产品挤垮他嘛。真正的艺术品是会受到大众欢迎的！

顺成顿时心底涌满豪情。是呀，自己一个泥塑高手还怕一个毛头小子？堂堂集体大厂还怕一家个体"研究中心"？

艺生表情却很冷淡。他向爹说了一句很长的话：在整个国民文化素质薄弱、大众审美意识处于较低层次的时候，忽视一种堵劣倡优、培养引导鉴赏水平的文化艺术氛围而盲目引进商品竞争机制，必将导致一种水向低流的大众审美心理下滑，继而形成一种恶性循环的文化现象。

顺成听不太懂。艺生就爱卖弄理论，这习惯不好。

还是要扎扎实实干活才行。

顺成领着艺生废寝忘食艰苦奋战，又搞出一大批艺术精品，像取材于传统故事的"西湖借伞"，取材于历史人物的"林冲夜奔"，讴歌"四化"建设的"雄鸡唱晨"，充满生活情趣的"老小放牛"，寓含生活哲理的"龟兔赛跑"……真个是品种多姿多采，艺术精益求精。父子俩都眼圈大了下巴尖了。

然而万万没有料到，产品堆在仓库里的比卖出去的多！

怎么一回事？人们不喜欢泥塑了？

顺成瞪着眼睛。

可是小镇搡塑艺的分明比过去多呀。那个"研究中心"红红火火，新设计一个一个推出来："武松醉戏杨贵妃""真假李逵争貂蝉""佐罗塔下拜白娘""超人月上劫嫦娥"，还有"林黛玉洗澡""武则天游泳"，等等，等等。

艺生长叹一口气，向爹说：莫费神了。人家懂得如何吊人胃口，价格又比我们的便宜呢。

顺成说不出话来。

顺成又要去找镇长。

五

镇长却找不到了。

镇长如今太忙，小镇西边的云山深处发现一个景色旖旎的自然风景区，大有旅游开发前途。镇长废寝忘食终日为开发风景区劳碌。陆陆续续的游人已经光临了。

镇长决定在三年内让小镇成为国内外著名的旅游胜地。

这对于偏僻落后的小镇是多么诱人的前景！

小镇人莫不兴奋。

顺成不兴奋。他现在只为自己的泥塑工艺品厂忧虑，为小镇传统塑艺的前途忧虑。

看看吧，人人都把眼睛盯住旅游者的钱包了，好多人家的门口都挂上"旅游工艺品店"的牌子，前店后厂全家动手，大捏奇奇怪怪的泥玩意儿。

小镇塑艺空前兴旺起来。

顺成悲愤无比，向苍天呼喊：老祖宗，救救你传下的泥塑吧——

艺生冷冷地说：还是救救我们自己吧。

他告诉爹，原料合同被撕毁了。一吨泥的价格已从过去的十五元涨到二十五元。

小镇泥塑的一大特色便在泥。那泥细腻纯净色白质重，捏出的产品不断不裂不变形。这特殊的泥只云山脚下一块坡上出产。那里有个泥塑原料厂，归当地企业办管。

如今搞泥塑的多了，原料紧张了，他们就趁机大涨价了。居然把年初签的合同都撕了啊。

顺成怔怔的，木头一样。

厂里已经发不出工资，这原料价又突然张开老虎口，不是要命吗？！

无论如何要找到镇长！

镇长正在一个陡峭的山头上朝远处指指点点，满面红光向身边一群人说着什么。

唔，原料？这价格是涨得猛了一点。镇长抽出时间皱眉头。可也没法子啊，原料越来越紧张哟。镇长摊开双手，又赶紧朝远处指点几下。

有法子的！顺成恳切万分。关闭敢闯的"研究中心"，砍掉那些乌七八糟的泥塑店铺，他们都是在糟踏原料糟踏传统啊！

镇长摇摇头，关闭？砍掉？可不是一句话，涉及好几个政策问题。政策问题可不是个草草率率随随便便的问题啊。镇长又向身边的人朝远处指点几下，然后向顺成宽厚地笑笑，能理解你的心情，但看问题也不能太片面哩。

于是镇长指点顺成全面地看了几个问题：一、敢闯他们搞的泥塑既然拥有欣赏群，说明它们有存在的价值，我们不能在艺术性上太苛求，只要思想上不反对四项基本原则就行；二、搞泥塑的多了，我们在安排就业上的压力就少了，为国家分忧解愁也是好事；三、他们毕竟使泥塑业空前兴旺，上交的税利当然就多了，有利于我们的财政收入。顺成几乎喊起来：镇长，你这看法不全面啊，我们泥塑艺术品厂即将倒闭你怎么不数呢?!

镇长拍拍顺成的肩：这就要靠竞争嘛对不对？在竞争中求生发展嘛对不对？领着身边的人急急忙忙到另一个山头去了。

顺成呆立着。脑壳里一团冰凉。

六

艺生发狂了，把设计室和仓库里的艺术精品乒令乓冷哐得稀烂，向爹大吼，竞争吧竞争吧！那两块眼睛片后突然涌出泪水。

顺成没淌泪。他只想病一场。

一病半月。半月中脑壳里黏黏糊糊。整天躺在床上呆望天花板。

艺生也心狠，半月不管爹。不知干什么去了。

顺成终于起了床。脑壳里还是黏黏糊糊。去厂里看看吧。

厂里竟是一片繁忙景象。

艺生迎面走来：爹来得正好，等会要开订货会呢。

订货会？顺成瞪大眼。

我们的新产品打开销路了咧。

新产品？嘴也张大了。

艺生手里托出一尊泥塑，喏，这是范蠡之女：

好一个俏丽苗条古代仕女。高七寸，酥胸半裸，衣薄似纱，神态娇艳栩栩如生。最妙的是纤手轻拽一丝绢，绢上竟有几行墨写小字。

得用放大镜看。艺生递过一个放大镜。

嘀，好漂亮的隶书体。写的是越国大夫范蠡助勾践灭吴功成身退，其女隐居在这云山脚下，成为小镇泥塑开山祖的传说。

艺生又告诉爹，范女草堂已按传说修好了，这种泥塑在那里很畅销呢。

这设计别出心裁！岂止在小镇畅销，完全可以打向全国市场。顺成看艺生一眼，目光很是赞许。

　　还有，那赤脚和尚，卢、侯二臣都可以这样捏出来。他想了想又补充一句。

　　都有咧。艺生变戏法一样，手里又托出两尊泥塑：一个邋遢和尚，像济公一样脖子后插把蒲扇；两位胡子大臣，各背一斗笠缓缓而行。邋遢和尚的说明写在扇上，胡子大臣的说明则分成两节写在斗笠上。

　　爹你去仓库看看，还有系列产品。艺生数起来："范女背和尚""范女抛绣球""和尚偷窥范女浴""卢侯斗剑争范女"……

　　顺成扬起眉：搞那些？

　　就是那些最抢手！艺生放大声音。

　　确实，订货会上最受欢迎的是那些系列产品。整个订货会成交额超历史纪录！

　　订货会后大摆酒席。客户们无论本镇的外地的全向顺成高举酒杯，赞扬泥塑艺术品厂在改革中崛起，产品质量一流，既有知识性又有趣味性更有艺术性，真正倡导小镇泥塑潮流。

　　顺成也高举酒杯。那脸一点不像病过。

七

　　顺成又整天和艺生泡在设计室了。一批批既有知识性又有趣味性更有艺术性的设计源源不断推出："卢侯争穿范女裙""和尚巧藏范女鞋""范女和尚跳探戈""卢侯和尚范女集体迪斯科"……

　　顺成望着一个个逗人喜爱的泥塑，觉得这搞法其实比过去的搞法大大省力，也其实蛮有趣的。

　　敢闯的"研究中心"生意当然淡了。

　　敢闯有点发慌是肯定的。竟也偷学他们的招数，捏了个南明桂王出来。

那叫桂王？顺成冷笑。穿的是清朝皇袍哩。

便立即也捏个桂王，浓眉长髯，一脸英气，手扶玉带，威风凛凛。桂王系列产品也紧跟着推出："范女娇倚桂王怀""桂王酒醉鸳鸯楼""桂王醉戏洋美人"……

敢闯终于甘拜下风了。厂长，我们搞联营吧？

联营？顺成鼻子里哼一声。就你那拌泥的本事跟我联营？还得等着看你那"研究中心"如何关门哩。

艺生却赞成联营。爹，敢闯那小子脑壳还灵泛的。让他专门跑外了解顾客心理，提供信息吧。

不稀罕。你的信息还比他少？顺成不以为然。

我要改行走了，去外地搞包装设计。

顺成眼大瞪起来。走？厂里兴旺了你倒要走？

点点头，很坚定。

改行？多少年的塑艺就这样丢掉了？

又点点头。眼镜片后突然就涌出泪水。

八

镇长居然从百忙中来找顺成了。

旅游风景区开发很快，完全是改革年代的节奏。光临小镇的游客剧增。于是冒出个重要问题：旅游风景区当然够美的了，但小镇还美得很不够，得美化一下。除了移树种花，还得有雕塑。

对！顺成重重一击掌。当街立个大泥塑！

镇长手按他肩头：这雕塑就是我们镇的标志。镇里十分重视，决定成立雕塑领导小组，我挂组长，你当副组长。当然，我忙，工作主要你挑。一个月内立起雕塑来。

顺成周身发烫热血奔涌。他感到肩头的千斤重量。

时间紧迫，立即开始工作。

敢闯闻讯赶来献计：厂长，我跑了不少城市，那雕塑不是古里古怪看不懂就是平平淡淡没意思。我们的雕塑要有自己的特色，让人家一看就惊奇！

这意见好，定下来，设计的指导思想是特色。

于是把所有畅销的泥塑样品排列出来，一一找特色。

废寝忘食，终于定下一个特色："范女站山头"。

天生丽质，线条优美，亭亭玉立山头，分外给人美感。尤其是突出了小镇塑艺的悠久传统，有深厚的历史感。

赶紧送镇长审定。镇长却摇摇头。构思造型都一般化了。人家仙女啦少女啦多的是。还得有更多的特色。

再废寝忘食。终于又定下一个特色："范女娇倚桂王怀"。美丽绝伦的范女娇滴滴倚在英武豪气的桂王怀中，既含历史知识又极具谐趣，且有引人入胜的爱情色彩。

又送镇长审定。镇长仍然摇头。这特色出格了。做工艺品卖可以，作为一个城镇的标志，就有色情之嫌了。

只好再废寝忘食。反复挑选细细斟酌，到底又定下一个特色："范女抛绣球"。范女山头轻举红绣球，卢侯山下引颈翘盼。这回是知识性趣味性爱情色彩全有单单没有色情味了。

信心百倍再送镇长审定。镇长头摇得更厉害。还是不行呀。做小玩意儿可以玩，大雕塑可就太零乱了。

镇长最后指示：不要老围着范女几个人绕圈子。

要发动群众献计献策。小镇的标志，要充分体现小镇人的意愿嘛。

茅塞顿开恍然大悟。顺成领着敢闯马不停蹄深入全镇发动。

各种各样设计样品雪团似的飞来了。

更加废寝忘食。更加仔细认真。一个一个比较挑选。

却有点失望。几乎都是他们过去设计的那些畅销产品的翻版。

突然眼一亮。出了一个特别的：一个大肚弥勒佛，一手朝自己高跷姆指，一手托团泥巴。还附一纸说明：小镇塑艺历史悠久名扬四海，大肚弥勒佛即是证明。

妙！顺成一掌拍在大腿上。

好！敢闯也一掌拍在屁股上。既排除了那些起源说的争议，又突出了我们小镇塑艺的优秀。而且弥勒佛形态可爱逗人悦目。只是还可改进一下，双手展一张奖状不更好？

奖状？顺成有点疑惑。

就是你得的那奖状呀。这样增加了谐趣，又更突出了小镇塑艺的发展。

这点子好！顺成又一掌拍在敢闯肩头上。而且，我们的泥塑产品还要冲出亚洲走向世界……

所以再改进一下！敢闯硬是心里有灵犀，立即接上来。将弥勒佛改坐为走。高举奖状：昂首阔步向前。

对！顺成一挥手：马上动手。

马上动手，塑出样品。

这次是真正的满怀信心送镇长审定了。

镇长左右端详近看远看，沉吟着；构思倒是有点特色，寓庄于谐，符合旅游区的气氛；立意也深，展示了过去、现在、将来……这样吧，再让群众评议一下。

行。在小镇中心商店橱窗里公开展出，让全体小镇人投票决定。

投票结果，百分之百赞成。

那就定了！镇长一挥手。

九

雕塑日夜不停赶制。由顺成亲自动手。原料就用小镇上等泥料——泥塑原料厂连夜用车送来的，分文不要。

整个小镇泥塑行业也在日夜不停地忙,雕塑落成的那天要举行全镇泥塑联合大展销呢。

用大展销庆贺雕塑落成!

以雕塑促进大展销的兴旺!那一天终于到了。

晴空万里,阳光灿烂。小镇分外热闹,满街是人,满街是展销的泥塑,色彩缤纷气氛非凡。

小镇中心,电影院前小广场上,大红布罩着一尊两丈多高的泥塑。

广场上人声沸腾。本地的旅游的外地来赶展销会的全都兴致勃勃、翘首观望。

电影院门口的高音喇叭喜气洋洋宣布:热烈祝贺小镇大型泥塑正式落成!热烈祝贺小镇泥塑联合大展销开幕!

炮仗震天。掌声雷鸣。镇长亲自剪彩。

顺成手持长杆慢慢揭去红布。

一片欢呼直冲霄汉。

肥头大肚的弥勒佛,喜笑颜开精神焕发,双手高举烫金奖状,昂头挺胸阔步向前。

顺成眼睁着,嘴久久合不拢来。

排　长

排长穿旧军装，戴旧军帽，腰间勒一根足有三指宽的帆布军腰带，肩上背一条半自动步枪，朦胧月光将那白天图案清晰的衣帽汗渍及满脸堆积的肉疙瘩全都抹去，于是整个轮廓便十分英气、威武。

多少年后这英气威武一直留在我脑海里，成了排长的一个定格。

其实我也穿了军衣戴了军帽。那年头这行头最时髦。连同腰间的帆布军腰带，一共三十斤稻谷加一箩好话才跟一个复员兵换过来的。不过这腰带我自己也知道不太合适，往腰间一勒，月光下整个细成一根棍了。

我就一根棍似的笔挺着身子跟排长走。淡淡月光水一样，将远近院落浸得软乎乎的，田野里也是一派恬静的朦胧。我瞪大眼四处张望，总觉得世界不该这么温柔，窜出一个黑影飞来一架敌机才激动人心。

排长在前头说："遇上坏人冲上去敢吗？"

我拍拍胸："排长你一旁看着行了，保证拼个他死我活。"

"好！"排长大大夸赞一句，"这才像个可教育好的子女。"

我简直听到了自己胸腔中狂烈的心跳声。虽然是下乡知青，可父亲是右派，母亲是清理阶级队伍中自杀的，还加个舅舅在台湾，千里挑一的"三料货"了。当上民兵是排长出了大力，排长对大队民兵营长说："不是'可教育好的子女'吗，晚上放哨都不参加，还怎么教育？"

于是我就第一次跟排长来放哨了。虽然不是基于民兵没有枪，普通民兵也让我满足得心打战哩。

旁边有一小片甘蔗地。高过人头的甘蔗在月光下郁郁葱葱，不时有叶片的沙沙声随风飘出。

"进去侦察一番！阶级敌人可能就藏在里面。"排长命令。

我紧攥砍柴刀，绷着头皮钻进甘蔗地里，那份英勇至今都很令我自己感动。我常想，多年过去后怎么就连大街旁没有灯光的烂尾楼都不敢钻进去了？让老肉没完没了地笑话！

甘蔗地里阴森森的，细碎的月光烂棉絮一样铺在地上。我弓着身子，走一步，停一下，瞪着眼搜索一番，说不清是不是真的盼望有个阶级敌人。

猛听到"咔嚓"一声脆响。我头发一下奓开了。喝一声："谁！"猫腰冲过去，却傻了眼。

"拿刀来，削削皮。"排长坐在地边，手里攥一根折断的粗甘蔗。

"这……是谁家的？"我犹犹疑疑。

"拿刀来呀！"排长不耐烦了，"管他谁家的！"

看着排长麻利地削甘蔗皮，我站着不知摆个什么姿势好。当上民兵第一天，雄赳赳跟排长来放哨，却偷了人家的甘蔗！

多年后我跟老肉说了这件事。老肉不以为然，拿泡泡眼瞟着我："奇怪？"

当然，比起排长的其他故事，这实在算不得奇怪。比如他从大火中救出自己的老婆却说"舍己救人"，比如他抓四两上批斗台却给四两记双份工分，还比如他和老肉之间扯不清的那件事。

为那件扯不清的事，老肉后来一直耿耿于怀，说排长的人品其实十分卑劣。

我眯着一只眼看老肉，说："你可能真偷了人家的食吧？"

老肉蹦起来："偷了烂裤裆！"望着我脸上一成不变的笑，很快又泄了气，揉揉泡泡眼，说："不过那婆娘也太水嫩了。"

水嫩是实在的。水嫩却不下崽。排长两代单传，当然要崽不要水嫩。排长婆娘却死活不肯离婚，说：我又没偷人养汉，就退了我？又说，晓得是不是你自己下不出种！排长火了，一拍裤裆：老子下不出种？你问问牛屎菜去！

排长婆娘真的去问牛屎菜。牛屎菜就是老肉的姐姐。两人一接腔就打起来。老肉冲上去帮姐姐的忙，往排长婆娘丰饶的胸脯和圆润大腿上扎扎实实捏了几把。

后来牛屎菜怨老肉："你是帮我咧还是帮她？不是你挡着，我扯下她的骚毛来！"

排长婆娘也眯着眼问老肉："你到底是帮你姐还是帮我？"

那是在仓库里干活的时候。老肉当时没吱声，只朝排长婆娘斜着眼笑，嘴里叼根喇叭筒烟一翘一翘的，手里的漏筛却晃得懒起来。他心里大概在骂排长，把个水嫩婆娘派到仓库里来吊他胃口。老肉干保管，仓库里有干不完的杂事，平日队长派来打帮手的全是老茄子一样的女人。今天队长病了，排长派工，姿态竟高出队长一山头呢。

排长婆娘干脆不再往筛里铲毛谷，挑起一边嘴角："你说，你姐姐给我男人兜过种是真？"

"队上长耳朵的只有猪牛狗猫没听说了。上医院刮崽要求人，还是我给她提的一篮鸡蛋呢。"

"骚货！"排长婆娘咬牙切齿骂。

"女人谁不骚？"老肉放下筛子，歪着头，荡一脸黄黄的笑。

"老肉你真是个童鸡子啊？"排长婆娘双手叉腰，嘴角却依然挑一丝笑。

老肉盯着这婆娘，漂亮倒算不上，却水嫩得不像个做田土功夫的人，一身肉皮白豆腐一样。于是吐掉"喇叭筒"，一脚踩熄，走上去，抓住她两只肉乎乎的腕子，撒着腔调说："叉什么腰嘛，把个逗人喜欢的模样做歪了。"

"不正经啊小老弟！"排长婆娘瞪起眼来，手却并不挣脱。

"那就不正经吧。"老肉一把搂住了她，两人倒在一堆毛谷上。

就在这关卡上，门砰的一声被撞开了。排长黑煞一样挺在门口。

后来放哨放随便了，我也跟排长打趣："你跟老婆离了婚，搭帮老肉吧。"

排长哼一声："狗屁！那婆娘一口咬定老肉要强奸她呢。"

那婆娘也厉害，跑到大队革委会告了老肉一状。大队革委会当即派了民兵营长和治保主任来了，还带来两个民兵看住老肉，然后和颜悦色跟排长婆娘谈话。排长就在这当口从岳母家赶回来，指着婆娘向上司说："相信这月经嘴的？我刚把这事告诉她娘呢。我亲眼见她搂着老肉，还一脸野狗婆笑相！"

排长婆娘哇地号起来，倒在地上打滚，滚得衣衫翻了上去，露一截雪白嫩滑的肉皮出来。民兵营长和治保主任只好久久地睁大眼，看排长婆娘在地上打滚，看够了又一起去拉她起来。

那天我去公社开知青会了，没瞅上这热闹。当时围着的人好几层呢。听说排长婆娘死不肯起来，一个劲号着："你个黑心鬼啊，耍阴谋诡计，要逼我离婚呀——"害得民兵营长和治保主任半搀半抱费老大劲才弄她起来。

"其实，到那地步，排长也不光是考虑离婚的事了。那人还留着点良心。"老肉是多年后才这样说的，嘴里还吐着烟圈。老肉说这话的时候已经有点派头了，身上穿的是弄不清牌子的西装，嘴里叼的也再不是自己用纸片卷的喇叭筒而是带过滤嘴的"齐头棒"（说是要好几块钱一包）。他是村里罐头厂的业务员，三天两头跑城里，也就三天两头在我跟前吐烟圈，那烟圈也一个连一个圆溜溜地从嘟着的嘴里飘出来，简直能让我联想起舞厅里的圆舞曲。

老肉说，那晚排长带他去放哨，竟像什么事也没发生一样，嘴里还哼着"战士打靶把营归把营归"。离那片甘蔗地不远了，排长吩咐他：你在这里放流动哨，我去甘蔗地里潜伏。

老肉心里骂：潜伏你娘个脚！当我是个葫芦脑壳？嘴里却应得恭敬，立即绕着甘蔗地流动起来。等排长一钻进甘蔗林，他猫一样溜了过去，蹲在地头上支起耳朵，果然就听见姐姐的声音：

"你那颗心叫烟熏了？"

"怪我？你老弟骚筋好粗？"排长气哼哼回答，"我还不够意思？你家那社会关系，只要定个强奸就蹲黑屋子去了。"

"不蹲黑屋子也好不到哪里去，亲都还没说上，哪个妹子愿上门？"

"屁大个事！我姨那院子里有个妹子，就一只眼里有点'萝卜花'。只要我去提亲能打包票！她哥也是民兵排长咧。"

"那你快去呀。"

"明天就去。小舅子嘛。先搂一个……"

"嗯……老大一股汗臭……"

老肉不好往下听了，赶紧又去流动。心里盼着明天。满二十五了，在农村算得个老杆子了。家里出个富农姑爷，自己又搂了人家婆娘，摊上个"萝卜花"也就不错了，萝卜花也就眼球上比别人多一小缕白东西嘛，又不影响视力。

但明天排长没去成。

队上猪场失火了。

火猛得很。从猪场门口烧起，一下就浓烟滚滚烈焰腾腾。只听得猪的哼哼叫声、四两的哇哇哭声和排长婆娘尖刺刺的喊声。

火是四两弄出来的。四两给队上喂猪十几年了，兢兢业业一丝不苟，除了上台当批判靶子从没误过工，烧火煮猪潲自然也小心得很。猪潲就是猪食，剁碎的猪草和干红薯藤要煮得稀烂绵稠再搅拌米糠，猪才爱吃爱长膘，因此煮猪潲是要不断添火花精力的。偏偏队上安排排长婆娘来送垫栏草，又偏偏这嫩婆娘一连把三挑干稻草全撂在猪场进门的过道里，然后一手往嘴里递炒豆子，一手拽一个草捆慢悠悠往猪场里送，四两的精力就快要被分散了。

煮潲的大灶垒在门边。四两向排长婆娘说，扔个草捆放这儿，添几股大火熬一锅稠潲。排长婆娘就朝灶边扔去两个草捆。四两刚拆开一个草捆往灶里塞了一半，猛听得排长婆娘一声尖叫，她慌不迭跑过去，只见排长婆娘弯腰站在一间猪栏边，一手抓着裤头一手捂着屁股。原来这婆娘蹲在猪栏边撒尿，一头白毛猪从稀疏的栅栏里伸出脑壳，朝她屁股上狠狠拱了一嘴巴。

四两赶忙拉下她的裤子，见只是一块淡红，嘘了口气，又吐口口水在掌心，在那白生生屁股上一遍遍揉。

火是怎么顺灶口的干稻草引到灶前那个未解开的草捆上，又怎么引到过道上一大堆干稻草上的，谁也没看到。等排长婆娘先发现火时，门口已整个被火封住了。她一屁股瘫在地上，直着眼睛叫："火，火……"

四两也呆了，瞪着一双烂红眼号："天收我了，天收我了啊……"

幸好排长领人冲进来了。正是大队民兵营规定的训练日。排长一大早领着六个基干民兵去坡上折腾到日头老高，然后唱着"战士打靶把营归把营归"雄赳赳回来，老远看到猪场烟火冲天，叫一声坏事了，拔腿飞奔。

猪场门口火太大。排长跑到后墙下，那后墙是土夯的，又矮又薄,被排长几脚踹出个大豁口。排长钻进去大声叫着:"野狗婆!野狗婆在吗?"

"野狗婆"正瘫在地上拼着嗓子哭叫。排长冲过去,先朝一旁的四两吼一句:"等下就来救你!"将自己婆娘背起来。于是就有民兵看到排长婆娘伏在男人背上,直到出了豁口,那屁股还在日头下闪着耀眼的白光。

大火尚未造成太大损失。四两是自己从豁口钻出来的。二十几头猪是民兵们赶出来的。几个基干民兵毕竟刚摸爬滚打操练一番回来,身手格外利索,将豁口扒得更大,还爬上屋顶断了火路。加上地里干活的人们也都赶来了,水塘就在旁边,七手八脚一通泼水,火很快熄灭了。

我也参加了救火。这是我平生第一次救火,紧张又兴奋,慌慌乱乱地爬上屋顶,接过下面递的水桶不停地朝火里泼。排长在下面指挥,嘴里吼着:"一不怕苦二不怕死啊,考验我们民兵的时候啦!"我就想到自己也是民兵,愈加地英勇。

事后我写了篇广播稿《英雄民兵战烈火》,寄到县广播站。县广播站广播了。正巧那天晚上队上民兵在晒谷坪开会,旁边仓库檐下吊了个有线喇叭,大家都听到了。排长使劲拍着我的肩说,不错,好好表现,以后招工我们推荐!

但没想到的是,县广播站很快来了人,找我严肃地谈话,说稿件严重失实。有人向广播站反映,排长并不像我写的那样形象高大,他首先想到的是救自己老婆而不是救队上的猪。

我头上来了冷汗。广播站指出我写假报道,就意味着我的稿件再不会被采用了。

老肉听说后,狠狠骂了一句娘,说报纸广播除了报日子和报北京时间不假,还有什么不假!没人去捅罢了。我说坏就坏在有人捅了这稿子呀。老肉又说活该。谁让排长老像别人的爹一样,连队长都不放在眼里?我说倒霉的不是排长是我呀。

不过排长没让我倒霉。他拉上婆娘去了广播站。还特意穿了旧军装戴上旧军帽，腰间勒了帆布军腰带，就差肩上一杆枪了。

"我是永红公社前进大队第四生产队民兵排长！"排长首先介绍自己，胸脯挺得能挂锄头。

排长婆娘赶紧补充："我们大队就他这个排长管的兵多，六个基干民兵五十三个普通民兵。"

排长接着大声说："毛主席教导我们：在世间一切事物中，人是第一个可宝贵的。那么起火了不救人先救猪是错误的！毛主席又教导我们：谁是我们的敌人，谁是我们的朋友，这个问题是革命的首要问题。那么四两是富农婆是不能先救的。毛主席还教导我们：要斗私批修。救人不能先救自己的亲人。那么我婆娘当时已经决定和我离婚了，我就不能把她看作亲人，要看作阶级姐妹了！"

"现在我正式是他的阶级姐妹了。"排长婆娘大声宣布，手里展开一张离婚证书。

广播站的人眼睛瞪得鸡蛋一样。

多年后的那个晚上，排长在我家喝酒时，手点着我鼻子说："你该感激我呢。"我连连点头。实在的，不是后来我写广播稿出了点名，县饮食服务公司怎么会把我当个"人才"招去？我敬他一杯酒，说："永远感激你，还感激你的前妻。"

"那当然。人家临走时还说，不是为你，才不跟我去广播站丢那份丑呢。那婆娘骚是骚，心还不坏。"排长将一杯酒咕咚一声吞个精光。他酒量不大，已经连干三杯了。我望着他，那头发稀疏的脑袋冒着热气，满脸的肉疙瘩像熟透的葡萄。整个人多少有了生气。想起他刚从街边黑楼里钻出来时，那憔悴萎蔫、泪水模糊的样子，我心里很有几分怜悯。当年英气威武的排长，竟落到这么个地步了。

排长自己也气愤，说如今不搞生产队也不搞民兵排了，青年人根本不把他当个货。想当初牛屎菜做梦都想嫁给他，部队领导通不过，她不吃不喝躺了三天，现在牛屎菜也不把他放眼里了。

我一直没吭声。我招工走的时候，听说排长和牛屎菜都快结婚了。却到底没结成。后来听老肉说了，就因为那个萝卜花。

这事我同情老肉也同情排长。因为自猪场失火后，三天两头来人调查，又是大队的又是公社的，最后竟来了县公安局的。无论作为第一个冲进现场的人，还是作为地位重要的民兵排长，排长都得跟着忙乎。

四两是吓瘫了，天天睁着一双烂红眼等着戴铐子。亏了排长，再三强调四两的一贯老实，说冲进去时看到四两在拼死打火，终于让四两躲了一灾。调查的人一走，四两就趴在地上给排长磕了个响头。这是我亲眼看见的。

猪场失火事件平息以后，牛屎菜便紧催排长去办萝卜花的事，排长答应了。那正是我招工离队的时候。排长头天下午还对我说，明天不送你了，我得去给老肉跑跑亲。没想第二天还是没去成。

县里的"抓纲治国工作队"当晚下到大队来了。要抓好阶级斗争的纲就得轰个开门炮，于是第二天上午召开全大队的"抓纲会"，各队要揪出有"阶级斗争新动向"的四类分子上台。排长和队长打个招呼，把四两揪出去了。

排长先是黑着脸对四两说："你上台认个罪，就说仇恨生产队的猪，猪场失火了心里还高兴。"

四两扑通跪下了："你索了我这条老命去吧。"

排长仍然黑着脸："这是斗争需要你晓得不？批判会谁把你当真？"抬手叫来两个民兵："押走。"又朝四两补一句，"亏不了你，给你记双份工分咧。"

四两得了双份工分，仍然提心吊胆好久。确实没事了，落了心。又偷偷去问排长，还开批判会不？我还上台去。一双烂红眼躲躲闪闪，自然是想那双份工分。排长凶她一句，美得你死！误我好大的事！四两弓着背眨眼睛，弄不明白误他什么事了。

但事确实误得糟糕。萝卜花叫别人先定了亲去。

牛屎菜也就一直把排长记恨下来。直到老肉干了村罐头厂的业务员抖起来，四十挨边却娶了个二十多岁的大姑娘，牛屎菜还在记恨排长。

所以多年后的那个晚上，排长在街头黑楼里大哭，牛屎菜就多少有点责任了。

排长是进城卖老红薯的。排长知道城里人也时兴养鸡了，老红薯切碎喂鸡应该不错。谁知竟好久无人问津。好不容易盼来个三十来岁穿着时髦的女人，那女人看见红薯很惊喜，一问价，全要了，让排长挑着老红薯跟她七绕八拐到了一栋宿舍楼前。然后，那女人朝楼上大叫，哎哎，红薯，红薯！我买了一担！一个男人下楼来了，一见老红薯连连摇头，呔呔，这是老红薯，割了藤的种薯，淡而无味粗口麻舌的。六月份哪来的鲜薯嘛。你也太五谷不分了。又朝排长皱起眉，怎么能糊弄女人呢？你也一把年纪了嘛。排长急了，我当她买了喂鸡的，她没说明白。那女人叫道：你要讲明是喂鸡的呀。我家又没养鸡呀。养鸡也吃不了这么多呀。你不是糊弄女人是什么呀。宿舍楼里涌出不少看热闹的。排长涨红了脸，我糊弄女人？我是个糊弄女人的角色？告诉你，莫看我这副相不起眼，我当过民兵排长呢！周围人全笑了。有人叫，嘀嘀，是个当排长的角色咧。

排长在一片哄笑里挑着老红薯走了，心里满是悲愤苍凉。他忽然觉得，自己也跟老红薯差不多了。

也就是在这时，他遇上了牛屎菜。

"大老远地挑一担老红薯进城？"牛屎菜站在排长面前，她挑着一担空箩筛。

排长望着她。牛屎菜比过去胖了，嫁个背有点驼的男人，还大她十来岁,她居然就胖了。

"让城里人喂鸡嘛。"排长淡淡地说。

"喂鸡?老大个红薯切碎不要费手脚啊?城里人精得很。看看,我下午才挑一担喂鸡的菜叶子来,一下就卖光了哩。"

排长没作声了,勾头站着。

"肩膀劲还没退嘛。"牛屎菜揶揄一句,"挑到那边饭馆门口去吧。"转身就走。

排长跟着她走,不知她什么意思。

进饭馆才晓得,牛屎菜请他吃饭。一盘肉丝一盘豆腐一碗豆芽汤。牛屎菜说:"不让你喝了,天都黑了,你还有二十多里路要走。"排长边吃边感动,到底没忘了情分。

还有更感动的。吃了饭,牛屎菜说:

"这老红薯我给你买了吧。我家栏里三头猪哩。反正才四五里路,这几十斤我轻轻松松挑回去了。"

排长赶紧摇手:"买什么呀买!你不嫌它就给了你。"

牛屎菜也不争执,将五元钱塞到排长手里:"要吃亏你就认了。"起身去门口将老红薯装到自己箩筛里。

排长抢上去:"那我帮你挑,反正顺一段路。"

牛屎菜也不谦让,让他挑了走。

排长踩着路灯光,和牛屎菜并肩走,心里骂自己:当初为什么要依了部队首长,不娶下牛屎菜呢?!

路边有一栋未完工的半截楼房,黑咕隆咚的。牛屎菜说:"给我看着人,我去那里头解个小手。"放下空箩筛就钻进去了。

排长挑着担子站着。只觉得血管一阵阵发烫,终于有一股股血在周身拼命地窜起来。他猛地搁下担子,也钻进那黑咕隆咚里去。

"干什么你!"牛屎菜嗖地站起身来。

"我……我……"排长一时手足无措。

"还是当初那甘蔗地是吗？少在我面前扯骚筋！"牛屎菜声音不高却语调冰凉。

排长木呆呆站着。

牛屎菜重重哼一声，钻出去，挑了老红薯走了。

排长仍然木呆呆站着。突然，他蹲下去，双手重重捶着自己的头，憋着喉咙呜呜地哭了。

就是这哭声才让我发现排长的。我在公司加班写材料回来晚了，急匆匆蹬着车路过黑楼，猛一听这哭声，煞了车，朝黑楼大喝："谁，干什么？"黑楼里没声音了，却没人出来。我继续大喝，却不敢进去。路上行人有好几个围过来，同样不敢进去。我觉得该拿出点英勇气，便喝得更猛："到底是谁，不出来我可要报警啦！"

终于被我喝出人来了。路灯照出排长一张憔悴萎蔫、泪水模糊的脸。

后来我跟老肉说："你姐说话也太损了，一夜夫妻还能牵出百日恩，她跟排长虽没做成夫妻，但总不止一夜吧。"

老肉乜了我一眼，哼哼鼻子："他跟他婆娘有多少夜？讲了点恩没有？"

我眨巴着眼睛。

老肉告诉我，排长跟他婆娘狠狠"斗争"了一回。

原来，村里罐头厂要个门卫，排长想去，到底是个沾点威严的差事。但有人赞成有人反对，老肉反对最激烈，说排长这人爱讲私情，爱贪小利。还列举了他过去当民兵排长时的几件事，比如猪场失火了首先救老婆，还比如放哨时偷甘蔗。排长门卫没当成，脸都气黑了。这天晚上，他实在憋不住，要去罐头厂找领导评理。路过一小片甘蔗地时，听得里头咔嚓一声响，他大喝一声：

"谁偷甘蔗？给我出来！"

一个人从甘蔗地里钻出来，手里攥一根折断的甘蔗。排长一下愣住了。

是他离婚十几年的婆娘。

"凶什么呀凶，又不是你的。"那婆娘在月光下歪着头笑。

排长望着她，一时没作声。

"正要去看你呢。没给你伢崽买什么，这甘蔗是给你伢崽吃的。"

"看我做什么？"排长哼一声。离婚以后，碰见过几次，但从没互相走动。她嫁在十里外的一个村里，男人是个死了婆娘的木匠，有三个崽女。

"你跟你屋里的又打了一大架？"

排长没作声。心里烦，才常常跟后来娶的婆娘干架。前天为当门卫的事，那女人挖苦他一句，他将那女人的头发扯下一绺来。那女人也凶，死攥住他下身差点把他攥晕过去。

"你耳朵好灵哩。"排长盯了前任婆娘一眼。

"打算离婚不？"月光下那双眼睛放着光。

"离婚？离什么婚！给我养了两个崽又让她带一个走？"排长提高声调。

前任婆娘眼里的光熄了。"那我就打回转了哦。"她攥着甘蔗要走。

排长一把揪住她："想走？偷了人家的甘蔗就想走？"

前任婆娘呆住了，月光下一双眼睛瞪得鸡蛋一样。

老肉讲这件事时不停地摇头，用手里的烟指着我："你说，你说，这还有点人味吗？"

我也摇头，觉得排长太过分了。是因为前任婆娘的话伤了他，要凶她一下吗？

但老肉说，排长远不是要凶一下，他认真得很。硬是把自己原先的婆娘揪到村里，大叫大嚷的。几乎引来全村的人。那婆娘拼着喉咙号,一个劲骂他"天杀的"。他双手叉腰,一双眼狠狠扫着周围的人,脸上一股胜利神色。

最后是四两说话了,因为甘蔗是她的(谁也不知为什么,几十年了,她除了爱养猪就爱种甘蔗)。四两说,一根甘蔗就算她送了人情吧。排长不干,说,谁的也不行。盗窃行为就是要斗争,哪怕原先是自己的亲人也要斗争!四两顶他一句,你过去在我那甘蔗地里偷少了呀?排长吼起来,过去你是四类分子,我们放哨吃你的甘蔗也是斗争需要!周围一片哄笑。

我也憋不住笑起来。我跟老肉说:"排长这个人啊,是个难得的文学人物。我得找个机会回村里一趟,找他好好聊聊,研究研究他。"

然而这机会再也找不着了。

半个月后,老肉一进我家就嚷着:"排长死了!排长死了!"

我愣住,嘴张得大大的。

排长确实死了。死得出人意外。

那天,基干民兵排在村前的河边草坪里训练。排长在不远处看着,皱着眉头,不时向路过的人说:

"看看,如今这劲头。三个村才有这么个基干排!一年才训练一两回!训练一天还要发工资!"

要不就说:"看看那样子,嘻嘻哈哈的,像训练?我当排长的时候,训练是个什么劲头!"

听的人就嗯嗯唔唔,或者望着他眯起眼笑。

突然,训练的民兵们一阵乱。

排长睁大眼,一群猪崽窜到草坪里去了,民兵们嘻嘻哈哈地乱赶。

那是四两的猪崽。四两养了头良种猪婆。

"一塌糊涂,一塌糊涂!"排长越加地摇头。

四两跑到草坪来了,急得叫:"莫乱赶,莫乱赶,会掉到河里去！"

几个民兵赶得更加起劲，还有用土坷垃掷的。

几只猪崽已窜到河边，排长也跑过去了。四两追东赶西，拦了这只拦那只。

一只猪崽窜到排长脚边。排长趁没人注意，抬脚将它踹下了河，然后大叫："看看，看看，把猪崽逼到河里了！"

四两尖叫一声，扑过来，伸手去河里抓，却不料一个趔趄，自己也栽下河去。

"你个该死的！"排长一跺脚，要往河里跳，一眼见两个民兵冲过来了，又站住，挥着手喝："快救人！"

两个民兵慌慌地脱衣脱鞋，手忙脚乱。

"娘个臭脚！上床搂婆娘一样啊！"排长实在站不住了，吼一声，衣服也没脱扑通跳下河去。他水性不错，很快抓住了在水里扑腾的四两，用力将她往岸上举。两个民兵在岸上伸手拉，四两被救上来了。

四两一上岸，又指着河里漂远的猪崽哭号："猪崽！我的猪崽呀——"

排长爬上岸，朝两个民兵吼："捞猪崽呀！你们的责任呀！"

两个民兵没动，其他民兵都围上来了。见没有了人的危险，全都嘻嘻哈哈。

"娘个臭脚！"排长又骂一句，再次跳下水，朝漂远的猪崽追去。

猪崽被捞上来了，但已经不会动。排长仍然很神气，他将死了的猪崽往民兵们脚下重重一掼，昂头走了。

然而，排长第二天就病了。初冬的河水毕竟太凉，排长也毕竟不是当年的身体了。

四两没病，她比排长年纪大却又没病，真是太奇怪了。四两来看望排长，抱了一只鸡婆。

排长躺在床上，说："那只猪崽呢？不找他们赔了？"

四两说："算了吧，就当猪婆肚下压死一只。"

"算了？哼！"排长瞪四两一眼，鸡婆也不要她的。

四两望着排长发烧的脸，没吱声。最后说一句："去乡卫生院看看吧。"

排长再不理睬她。他不去卫生院看，病越来越重也不去看。拖了十来天，发高烧说胡话了。他老婆着了急，请人扎了担架，将他抬到乡卫生院。刚把他抬到病床上，他突然睁开眼，叫一声："我没病……"然后将头歪到一边，咽了气。

老肉一双泡泡眼到底红了，说到排长咽气的时候。但很快又向我解释：村里很多人眼睛都红了。出殡的时候，大家都在送。又说，他姐姐牛屎菜和排长的前任婆娘也赶来了，两个女人都哭得伤心。

我始终没吭声，在想着排长那英气威武的样子。

直到今天，排长死了十来年了，我还时不时想起排长那英气威武的样子。

小城热闹事

一

这是个边远的小小山城，方圆不过三华里，人口不过五万余。地偏人少，自然没得大地方那般沸沸扬扬。一年四季，最热闹的便是一桩事：死了人。莫以为小地方人办事小手小脚，为死人蛮舍得排场哩。特别年过七十而去的，不叫死，叫"过了"，意思是过了凡界，"福寿全归"，"驾鹤仙游"了，实在值得庆贺的。因此，这丧事便叫"白喜事"。夜里要开个隆隆重重、"新旧结合"的追悼会，既有时兴的"致悼词"，又有绕棺唱歌，叩头下拜等旧礼俗，请乐班子吹拉弹唱、敲敲打打闹个半宿。出殡就更热闹了。那队伍足有半里多长，从那条横贯县城的唯一的大街慢慢穿过。前头两人放炮开路，"噼噼啪啪"一路不停放去，又"嗵！""嗵！""嗵！"一连三响冲天炮，震天动地。于是，一条大横幛由两人打过来了，上写"×府××老孺人出殡"。横幛后面紧跟着一长溜"华盖"，全是死者家里收到的祭幛扎成，那祭幛都是人家做礼送的丝绸被面、化纤衣料之类，因而色彩缤纷，令人炫目。擎"华盖"的清一色都是小伙子，这两年，还常会看到他们把"华盖"杆缚在单车后架上，骑车缓缓而行，颇有点气派。"华盖"后面，是一个个八仙桌面大的纸扎"奠"字花圈，也都是吊唁的人们送的,归半大孩子们举着了。花圈后面,是送葬的人,从送葬人的多少,往往能看出死者或其亲属的人缘来。再接下来,便是由两条长长的白布围成的"孝廊",死者的孝男孝女们全在里面。照例由死者长子(没有儿子由侄儿、女婿等人代替)端着一尺高的死者灵牌在后,其他老弟依次走在前面,一个个全都披麻戴孝,脚穿草鞋;如果有弟兄在外而不及赶回的,还得有一人手端木盘,里面摆上草鞋——鞋数按在外的弟兄多少而定。孝女们则只在腰间缠一白布条,一个个由旁的女人搀着,哭哭啼啼。孝廊前行中,大街两侧不时响起鞭炮,那是跟死者或其亲属有点关系的人,表示礼节。孝男孝女们便走近去,冲放炮的人下地一拜。孝廊后面,是一座两人高的纸扎灵台,俩人抬着,形状像古楼亭,中央摆着死者遗像,遗像前还摆着几碟水果糕点。灵台后面紧跟一只纸扎白仙鹤,翘立桌上,由两人抬着。白仙鹤引出了寿棺。寿棺通常是杉木的,漆得黑亮,或盖红布,或盖彩纸棺罩,棺头还缚一只雄鸡"压煞"——据说不这样,那"抬丧"的十六条汉子全都会被压得喘不出气来。寿棺后面,终于来了吹吹打打的乐班子。这时,大街两侧挤得密不通风的围观者,情绪达到了高潮,一颗颗心全被那熟悉的牛皮大鼓和唢呐牵住了。听吧,那鼓点子忽儿轻,忽而重,忽而缓若闷雷,忽而急如雨点;节奏明快轻巧时,令人眼眯神恍,节奏激烈奔放时,叫人心热血冲。而那支唢呐,配合着鼓点,时而音高,时而音低,时而长腔慢调,时而急歌快板,不断变换着唢呐曲牌,还常常用几个不同的调,将一支曲牌串起来,翻着花样吹;时不时地,又往中间夹上一段鸡啼狗吠、鸟鸣马嘶、女呼男叫之类简直分不出真假的模拟音。这大鼓和唢呐,再让周围那套叮叮哐哐的锣钹响器一和,闹热了整条大街。直让人觉得,死者正由千人万马簇拥着,浩浩荡荡在冥界行进;又像是阎罗大帝率众出殿,亲自迎接死者来了。于是,常常有人掏出一挂鞭炮放起来。这鞭炮是专门冲着大鼓和唢呐喝彩呢。顿时，大鼓更响，唢呐更亮，激起围观的人一片叫好声来。

小城虽小，到底也有好几万人，死人的事，断不了十天八日便有，有时竟一连两三天，天天有丧事。人们看"白喜事"的热闹，无论夜里白日，最大兴趣就在那大鼓和唢呐。这迷人的大鼓唢呐，成了小城人生活中的一项内容呢。

二

擂牛皮大鼓的，叫方德海，外号"方牛皮"。去年四月初八就喝过满六十的寿酒了，却仍是胳膊粗得像孩儿腿，腰板挺得像小门板，一张红通通四方脸，关公似的。他擂起鼓来，眉不颤，眼不眨，双臂舞得人眼花。二百六十套鼓点子，一气能擂完二百整。他自己常晃着大拇指说，解放后第一个国庆节，专署调他去擂大鼓，他连擂三天三夜大鼓没歇气，专员亲自拿猪油包子在一旁喂他哩。

这话似乎吹得玄了点。有认真的人去问吹唢呐的秦昌明，因为方德海擂鼓几十年，从没哪次不是秦昌明配对吹唢呐的。秦昌明摩挲着那支黑漆剥尽、油光闪亮的唢呐，眯眼笑着，似答非答地说："方牛皮擂三天三夜大鼓，我也得吹三天三夜唢呐；他有专员喂包子，我嘴巴没空，地委书记守着医生给我打高级营养针哩。"

就为着秦昌明那张嘴会吹唢呐也会说尖酸话，方牛皮送他个外号："秦铁嘴"。这秦铁嘴比方牛皮小两岁，瘦小干巴，踮起脚也没得方牛皮肩头高，还常年四季一副病恹恹的相。可一吹起唢呐来，那唢呐声硬比别人的响亮一倍，只见那两个腮帮子皮球似的一瘪一鼓，一对泡泡眼微微闭着，剃得亮光光的脑壳，活像个白葫芦瓜，不停地晃悠。

这一对老搭档,十来岁就一块在县城祁剧班子里学徒吹打,几十年来,俩人从没离开对方跟别人配过吹打对。不过,他俩一个火炮性,一个刀子嘴,总短不了拌嘴红脸,有味的是尽管他们怄了气,只要一操起家伙来,立即又互相"通了电":秦铁嘴那白葫芦瓜似的脑壳,就像有根线在方牛皮鼓槌上牵着,鼓槌擂得快,那脑壳晃悠得快,鼓槌擂得慢,那脑壳晃悠得也慢;方牛皮呢,那双常年四季醉了酒似的红眼越加红了,一眨不眨地瞪着那颗"白葫芦瓜",两个嘴角随着"白葫芦瓜"的晃悠左右扯动着。人们都说,听他俩吹打,耳朵有福,眼睛也有福哩。

去年,秦铁嘴要从县祁剧团退休,方牛皮劝他再干两年,秦铁嘴硬是不肯,说这样剧团街头两边忙,吃不消了,不如干脆回家,专办"白喜事"。方牛皮没法,一咬牙,也跟他退了休,不为别的,就因为晚上出戏时,秦铁嘴的唢呐不在,他的鼓槌没劲。

于是,办"白喜事"的人家,再也不用等到夜里散戏以后才去请他们,大早就跑到城南的半边街,去找方牛皮,或是跑到城西的酱油街,去找秦铁嘴。他俩不论谁受了请,都会去告诉住在酱油街口上的五保户陈四老伯,求他帮忙传讯。

这陈四老伯,快八十岁了,独身一人。他脾性好,不多话,烟酒不沾,一生就两爱:一爱逗孩子,碰上谁家小娃子,都要摸一摸,搂一搂,塞给两颗糖粒子;一爱听方牛皮、秦铁嘴的大鼓唢呐。几十年来,不论这大鼓唢呐在县城哪个角落响起,总会看到陈四老伯在围着的人群里,一动不动地眯着眼听。年老了,这癖好更浓,再冷再热的夜也不缺的。若是问他何不安安逸逸在家歇着,他总是捻着下巴的长胡子,似答非答地喃喃着:"福气咧,有德海老侄、昌明老侄这一闹,老哥(或是死者的其他称呼)福气咧……"这些年他不肯闲在家里,每日里拿根棍子捡起破烂了,还在捡破烂的同时帮起方牛皮和秦铁嘴的忙来,每当有"白喜事"，老人就一边四处捡破烂，一边帮他俩通知那些吹拉弹唱的伙计。

这天，吃过早饭，方牛皮又找上陈四老伯了。

"四伯，今晚胭脂塘十五号，大天井里。叫上理发店章师傅、蔬菜店退休的屈胖子、小曲街'金大钹'，砂石厂'叫鸡公'……"方牛皮倚在门框上，一一点将。小城里，喜欢吹拉弹唱，愿意借"白喜事"凑凑热闹（何况还有报酬）的人，还不少呢，一齐叫上太多了，每次都由方牛皮或秦铁嘴点将，让大家轮着来。

陈四老伯点点头，背上挎篓，拿上棍子。

"告诉秦铁嘴！"方牛皮又补上一句。

陈四老伯回过头，一双很显浑浊的老眼用力眨了两下。那神情似有几分诧异。以往，这种多余的叮嘱从未有过的呀，而且，口气这样"冲"。

下午，陈四老伯急急找到方牛皮："告诉昌明老侄了，他，不肯去呀……"

"不肯去？"方牛皮红眼鼓起来，"娘那屁股！"陈四老伯稀疏的花白眉头高高挑起，惊惶地望着方牛皮。

怎么，大鼓和唢呐扯皮绊了？

三

是的。

而且不像往日拌个三两下嘴就过去，这回认起真来。

前天，城东邱皮匠家办白喜事。上午，秦铁嘴牵着他那五岁的小孙子，来到方牛皮家，发起牢骚来："这街道幼儿园真不想送去了，上期伙食费才十元，这一期就涨到十二元了。娘的，如今百样都涨价，就我们这不涨。我说牛皮，老规矩也该破破了，还是一夜二块，出殡二块五，划不来！"

"铁嘴，人心莫太大，半宵加一晌午，整整四块五，还嫌少？"方牛皮斜了他一眼，拉过孩子，塞给一块糖。

"嚄嚄，你是一辈子看着自己婆娘俏。物价为甚涨得快？如今哪个的票子不比过去多！一天捞个十块二十块的不算大角色，那挣钱狠的，说个数目能吓死你！"

"哈哈，你小子见人屙屎喉咙痒了？人家那要费神劳心的呢。"方牛皮指着秦铁嘴的鼻子笑起来。

秦铁嘴将腿挪上椅子，人蹲着："嚄，我们这不费神劳心？你牛膀子不酸，我还腮巴子疼哩。我们好歹还算个艺术嘛，艺术就卖大钱哪。"

"卖你娘那屁股。有众人捧个场，喝个彩，不比什么都值？"方牛皮又仿佛看见人家朝他放鞭炮了，眯眼晃起膀子来。

"你就要那'彩'吧，牛皮。我可是要钱。"秦铁嘴"梭"下椅子，牵着孩子向门外走去，"就从今夜邱皮匠家算起，夜里三块，日里三块五。反正这家伙如今开了皮件作坊，钱多得很！"

方牛皮一听，急了："那不行的！"他冲秦铁嘴的背影喊起来。

当晚，吹打过后，在"消夜"（这里把夜里喝酒吃饭叫"消夜"）桌边，邱皮匠来到方牛皮和秦铁嘴面前，拱手谢过之后，照规矩把一迭红纸小包放在他们面前。这当口，秦铁嘴瞟了邱皮匠一眼，邱皮匠赶紧笑笑，俯首低语："放心，全照你那意思了。"

一旁，方牛皮瞅出了名堂。他一把抓过红纸小包，撕开几个，哟，全是三块一份的。顿时，那对红眼朝秦铁嘴鼓起来。

好哇，你小子背着我真来了，这不是要我的好看！他压着心头火，一把捧起那些红纸小包，朝邱皮匠说："统统拿转去，老规矩不变！"

邱皮匠赶忙按住方牛皮的手，压着嗓子："老兄，一点小意思嘛……"

　　方牛皮照旧粗嗓大气："嗨，晓得你如今不在乎这几个钱，可我还在乎个人情义气啦……"

　　这一边，秦铁嘴瘦脸早变成青色，眼见众人眼光都投向这边了，他咬一咬牙，向邱皮匠挥挥手："一句玩笑话你就当了真。快拿下去吧，莫在这出西洋镜了。"

　　散场后，方牛皮和秦铁嘴在分手的僻静路口，好一顿吵：

　　"你要大方，你莫要就行啊，堵着人家的钱送人情，算什么角色！"

　　"我说你呀，莫把自己弄得太低级了，黄土埋半截的人，还那么狠舞钱耙子，图个什么？"

　　"图个什么？图崽好孙好全家日子好。谁还怕钱多咬手？陈四老伯让街道养'五保'了，还拼老命捡破烂，不就为个钱？你不要钱，你思想好，一世还不是个打鼓佬，怎不上台做报告去！"

　　"你娘那屁股！"方牛皮斗嘴不是秦铁嘴的对手。他噎得脖颈粗粗的，只有骂娘的份儿了。

四

　　夜深了，胭脂塘十五号天井里，仍然灯火辉煌。晒簟搭成的灵堂前，挤满了人。一切乐器都停下了。孝家正由一个代表在灵前向大家致谢词，却没人听，四周嗡嗡的人声中，只听得一片叽叽喳喳的议论：

　　"这两个老伙计怎搞的，听起来总不上劲。"

　　"铁嘴唢呐今夜成伤风鼻子了。"

　　"牛皮大鼓也好比敲团箕。"

有的人终于散了兴头，打着呵欠离开了。

陈四老伯坐在乐班子旁边一张小竹椅上。他微张着嘴，一会看看方牛皮，一会看看秦铁嘴，满是皱纹的脸上很有几分不安。终于，他起身小心翼翼地捧起盛着红糖茶的暖水瓶，倒了两杯，送到秦铁嘴和方牛皮面前。秦铁嘴正手支下巴，闭着眼，他懒懒地睁开眼，面无表情地略略点点头，将茶杯轻轻推开。

方牛皮接过陈四老伯的茶，一口饮尽，重重放在桌上。他心里，憋足了火。

方牛皮万没料到，秦铁嘴今晚上了场，会给他来这一下：勾着脑壳，有气没力，那调子吹出来软皱皱的，就像一阵阵潮湿的雾，黏得方牛皮的鼓槌也越来越重。乐班子的伙计们都不时向他俩瞟来诧异而不满的眼光。

娘那屁股！鼓槌抡了几十年，还从没擂过这种憋气鼓呀。方牛皮气恨恨地瞪着那颗"白葫芦瓜"。

"孝家致谢毕——，奏大——乐——"司仪的"叫鸡公"扯着嗓子喊起来。

丧乐中，大鼓、唢呐、锣钹响器之类，叫大乐；笛子、胡琴、琵琶、月盘之类的叫小乐，怎么用法，都有规矩的。现在，孝家向大家鞠过躬了，该用大乐送客入席，准备"宵夜"。这虽是散场乐，却最为热闹。通常，方牛皮会擂上二十多套鼓点子，秦铁嘴则伴上三十多支唢呐曲牌；那些锣钹响器也闹得更加起劲，会听得人们直咂嘴巴的。

方牛皮操起鼓槌，一个"花点"，领起了大乐。但他很快就扭过头，这铁嘴，唢呐拖了足足二十拍才跟上来！一套热热烈烈的《乘龙过海》叫他给砸了！方牛皮咬着牙，赶紧换上套《双狮吟》，可是，秦铁嘴还在那懒懒地"过海"。这一来，锣钹响器全乱套了，四周人们一阵大哗。

方牛皮实在按捺不住，停下鼓槌，冲秦铁嘴吼道："你娘那屁股！到底吹还不吹？"

秦铁嘴白了他一眼，懒懒地站起来，操着唢呐往外走。

人们全呆住了。孝家有几个人立即去追。

"让他滚！"方牛皮气呼呼地说。他高高扬起鼓槌，使尽吃奶力气擂下去。只听"扑"的一声，牛皮大鼓正中处，绽出一朵茶杯大的"花"来。

五

牛皮大鼓和铁嘴唢呐分手了，小城人没有不震动的，你问我，我问你，这是怎么了？唉唉，这下子，牛皮大鼓成了"单身鼓"，铁嘴唢呐成了"小寡婆"，没味了。

陈四老伯更是不安，他拄着棍子，一会儿走到秦铁嘴家，劝道："昌明老侄，自家兄弟发火，计较不得呀。"

秦铁嘴摇摇头："老伯，他是人傲眼高，我是人贱眉低，配他不上，自觉靠边呀。"

陈四老伯又来到方牛皮家："德海老侄，老话一句：'独鼓擂不响。'几十年的老伙计了，丢不得呀。"

"没那话！"方牛皮拍着胸脯，唾沫飞起来，"走了他那破唢呐，我方德海照样擂大鼓！"

方牛皮说到做到。乐班子里，各样家什虽不精却都能操一气的角色还不少。他让蔬菜店退休的屈胖子顶了秦铁嘴的角。

尽管屈胖子的唢呐吹起来就像一团乱麻线，老是缠他的鼓槌，他也顾不得了。人憋上了气，大山挡道也要用脚踢哩。

然而，人们毕竟摇起脑壳来。"单身鼓"配了个"麻脸婆"，多可惜！

这天，屈胖子气咻咻找到方牛皮，上句不接下句："牛皮老兄，铁嘴他，他干上啦！"说着，一把拉住方牛皮就走。

屈胖子一口气把方牛皮拉到菜场口一堆挤得密不通风的人背后，喊道："让让，让让！"

人们一见方牛皮，立即让出道口子，七嘴八舌："牛皮师傅，老伙计跟你唱对台戏啦。""嘿嘿，又有热闹啰。"方牛皮跟屈胖子走到墙前，一眼见墙上贴张大广告，白报纸，毛笔字，十分显目："为了方便群众办理丧事，我们特成立声声殡礼乐队，队长由著名唢呐手秦昌明担任。保证服务周到，收费合理……"方牛皮那双红眼几乎鼓出来："好——哇！你能耐不小嘛！"他转身拉着屈胖子就走。一到家，几乎是喊道："赶快贴几张出去，就写上……写上响响殡礼乐队！"

六

小城有了两支殡礼乐队。这可是破天荒的新鲜事。

那些吹拉弹唱的伙计高兴了，再不要像以往等着转流"上场"，全都入了"队"。

办白喜事的人家也高兴了，请乐班子再不像过去那样紧张。

不过，这"新鲜"到底压不过人们心头的遗憾：那叫人魂动神摇的大鼓唢呐分开了，实在是小城一大损失呀。哪家办白喜事，其热闹程度远不如前了，夜里的"乐场"边，围着的人少了；出殡的大街两侧，没人朝大鼓唢呐放鞭炮了。

只有陈四老伯，那夜里的"乐场"里，不论坐的方牛皮还是秦铁嘴，他仍然坐在一旁伴着。只是，那双浑浊的老眼再不是有滋有味地眯着，却是怔怔地望着灵堂里的死者遗像，神色里透出一种寂然来。

方牛皮和秦铁嘴呢，两人眼下却顾不上这些了。他们心里明白对手的分量，牙齿暗暗咬起来。不把"业务"抢过来，叫对方靠边晾，脸面子往哪里搁？于是双方展开了一场"白喜事争夺战"。

"声声"贴出公告：声明为了"改善服务态度，打破老爷作风"，决定不要孝家来请，由"本队派专人深入基层，了解业务，上门联系"。

方牛皮鄙夷地笑笑："没得真本事，靠赖着脸上门缠。"

不过，秦铁嘴这一手也真厉害，"业务"叫他抢去不少。

"响响"不甘示弱，赶紧也贴出公告："为了方便孝家，本队特扩大服务项目，不仅主动上门挂钩，还代为联系抬丧劳力。"

秦铁嘴撇撇嘴："哼，挖空心思，只差没给死人穿鞋了。"

但"响响"这一条，毕竟比"声声"魅力大，争夺"业务"又占了上风。

秦铁嘴眯眼想了半天：又找来"叫鸡公"一商量，决计点方牛皮的"穴位"。

"声声"又贴出这样的公告："为废除陈规陋习，本队一概不收香烟等附加报酬。"

方牛皮脖筋涨起来。他和不抽烟的秦铁嘴正相反，一擂起鼓来，那烟一支接一支地烧。孝家总要在他面前摆上两包好烟呢。他重重吐口唾沫，叫来屈胖子："屈胖子，跟着我吃点亏，你和伙计们干不？"

屈胖子一拍肉团团的胸脯："牛皮老哥，人都是二十四条肋骨，谁还比谁熊！你说怎样就怎样吧。"

于是，"响响"贴出了特大公告："为抵制当前乱涨价的歪风，本队决定：报酬一律降低百分之三十。"

秦铁嘴心里暗暗骂："好哇你，戳着老子心口来了！"他狠狠一咬牙，"好，老子舍出血本陪你！"

"声声"的公告又贴出来："为体现对孝家的关心，本队决定：报酬减半。"

方牛皮一下子傻了眼。他万万没料到，秦铁嘴这钱耙子竟会横下这条心来。他呼呼地出起粗气来。再减报酬？不行了。他方牛皮不贪人家钱，可把该得的都推开也不干；何况，就是自己充硬头，还有这"响响"的一帮伙计呢。

现在，方牛皮叫秦铁嘴咬住"冠子"了，只好眼巴巴看着"声声"把"白喜事"大都揽了去。

秦铁嘴好不得意，私下对伙计们说："等着看'响响'垮吧，我们唱独角戏了，那时再把价钱提上来。"

方牛皮的牛皮一时吹不起来了。他满腹是火，却又没得法子，一天到晚抽闷烟。

陈四老伯碰到他，抬起越来越少光泽的老眼，"老侄，这一向不要我帮忙喊人了？"

方牛皮没好气地一挥手，粗声说："不要了！不要了！"

七

方牛皮不要，秦铁嘴可要呢，他"业务"正忙，不断地往陈四老伯家跑。

有人跟秦铁嘴说："人老如油灯，一分挨一分。陈四老伯一日不同一日地衰弱了，莫再劳累他啰。"

陈四老伯确实越来越不行了。这天，在河边捡破烂，一失脚跌到水里，病倒了。"油"，果然干了。陈四老伯在街道主任的守护下，慢慢闭上了眼。

人们议论起来：

"五保户'过了'，白喜事该公家办吧？"

"公家办这事可是规矩严呢，乐班子都不请的，放个哀乐唱片就算事。"

"陈四老伯做一辈子好人，该请个乐班子啦。"

是该请个乐班子，不能冷冷清清的。街道主任也这样想。只是，按规定，公家不能在这上头开支哟。

这位主任姓李，是位矮墩墩的中年妇女。她"噔噔噔"急步来到秦铁嘴家："秦师傅，街道为陈四老伯办丧事，决定不请客，不受礼，愿出力的都尽义务。您是本街的，能不能把您那'声声'拉去？"

秦铁嘴正在琢磨提高乐班子报酬的事。他摸摸自己那白葫芦瓜似的脑壳，说："这……我自己倒好说，可大家……嘿嘿，乐班子不收钱的例子还从没有过哇……哎，陈四老伯捡了十多年破烂，就全没攒下点钱？"

李主任皱起了眉："钱，有。陈四老伯留下话，不能乱动的。你既然为难嘛，就不勉强了。"

李主任又来到方牛皮家。

方牛皮如今真有点晦气，早晨上河边散闷，把脚也扭了。他正在拿田七磨药酒，一听陈四老伯"过了"，将酒碗一搁："去！别的人家没钱不去，这陈四老伯，不去要不得！"

是啊，人家为自己跑了多年义务腿，这点情该还。

当晚，方牛皮瘸着腿，带着久未出阵的响响殡仪乐队，来给陈四老伯"还情"了。

到了灵堂，方牛皮心里也发起热来。

那灵堂，就扎在街道办事处的院里，比一般人家扎的还宽敞。堂前正中，"陈四老伯追悼大会"足有脸盆大一个的字。两边柱子上，贴着一副大挽联："看满堂送者，莫道身后无嗣；听一片悼声，怎说老人太孤？"字体遒劲，听说是李主任到学校求的笔杆子。灵堂的三面壁上，虽然由于街道办事处规定不收礼，没挂上祭幛，却挂满了奠字花圈。而且花圈还在不断送来，大有摆出灵堂外面之势。来的人好多啊，把院里挤得满满。这种热闹场面，儿女多的人家办丧事怕也少见呢。

更有叫人惊奇的：陈四老伯的灵前，竟聚了一堆老人，一个个孝家打扮，男的头披麻布，女的腰缠白带。

　　李主任迎上来，握住方牛皮的手，声音有点激动："听说请了乐班子，全城二十四位能走动的五保老人，全都来了哪！"

　　追悼会开始了，首先由主持人李主任讲话。

　　这李主任，文化不怎么样，却是颇爱在大会上讲话的。她清清嗓，挥挥手，大声说起来："同志们，我们今夜，为五保老人陈四老伯开个追悼会。毛主席说嘛：村里死了人，开个追悼会，用这样的方法，寄托我们的哀思。我们这就是寄托对陈四老伯的哀思嘛！对不对，唵。陈四老伯，是位好同志、好老人，他热爱党，热爱新社会，热爱祖国的花朵，这么大年纪，不肯休息，还到处收集废旧物资，我都劝了他好多回啊，硬不听；大家猜他为了什么？为了什么？唵？"李主任声调提高了一倍，"老人家临终前，拉住我的手说：感谢政府照顾啊。我一辈子没孩子，不悔；十多年了，我攒下一千来块钱，交给，街道幼儿园，就好比，那都是我的……亲娃娃……"李主任眼睛红了，嗓子有点发硬。

　　满院子人，先是发出一片惊奇的唏嘘声，接着，变成一片"啧啧"的感叹。好些女人都跟着李主任擦起了眼睛。灵柩前，那些不肯去坐、硬要恭恭敬敬站着的五保老人，竟唏嘘抽搭起来。

　　方牛皮感到鼻子一阵发酸。陈四老伯，拄着棍子挎着背篓的样子，又在他眼前晃起来。

　　"同志们，"李主任又昂起了头，"同志们，我们要化悲痛为力量，认真开展向陈四老伯学习。第一，学习他热爱党，热爱……"李主任太激动，话收不拢了。但满院子人都静静地听，"可是，有个别人哇，跟陈四老伯大不一样，就看重个钱。住在一条街，连陈四老伯追悼会都不肯参加。这里，我不点名了。值得表扬的是，我们著名的大鼓师傅方德海同志，他不住我们街，并且正在养脚伤,却坚持带着响响殡礼乐队,来为陈四老伯追悼会尽义务。这是什么精神哪?唵!在这里,我代表陈四老伯,代表酱油街全体群众,向方师傅,以及'响响'殡礼乐队全体队员,致以衷心的感谢!"李主任讲着讲着,忘了这是追悼会,竟带头鼓起掌来。

在一片哗哗的掌声中,方牛皮只觉得周身发热,头高高昂起来。

"不不,还有我们哪!"灵柩前,一位长眉老人着急地叫起来。他领着所有的五保老人,走到"乐场"的桌前,排成了两排。

方牛皮发慌了,屈胖子和其他伙计都发慌了,他们都晓得孝家致谢的礼节,可这都是些年纪比自己大得多的老辈呀!

方牛皮急忙起身,想去阻拦,只听得那位长眉老人颤声喊道:"齐鞠躬——"

二十四位老人,齐刷刷向方牛皮他们深深鞠了个躬。

方牛皮再也憋不住,眼泪唰地涌出来。他赶紧别过脸去。

就在这时,他看到人群的角落边,有颗白葫芦瓜似的脑壳一晃,躲去了。

八

第二天大早,方牛皮的伤脚肿得更厉害了。

"这出殡,还去得吗?"屈胖子担忧地问。

"去不得也要去!看看昨夜那情景。"方牛皮咬着牙,让屈胖子搀着走。

吃过饭,准备出殡。

方德海跛着脚走到牛皮大鼓面前,一下呆住了:那往日抬鼓的两根木棒,换成了两根长长的粗竹杠,大鼓面前,连着竹杠紧紧缚着一把木椅(木椅脚下还吊块踏脚板);竹杠的两头,各套着一根皮肩条。

李主任笑着说："方师傅,我们派四条汉子轮流抬你走。"方牛皮想说什么,嘴动了动,没说出来,嗓子里像哽着块东西。他一抬腿,坐上木椅,扬起了鼓槌。

立刻,放炮的、举横幛的、推"华盖"单车的、举奠字花圈的、抬灵台、抬寿棺的……全部各就各位,只等他一声鼓响,一齐开路。

"'声声'队来啦!"有人大叫。

方牛皮猛地扭回头,嗬,'声声'的人全操着家什赶来了。秦铁嘴急步走在最前面,怀里还抱着他那五岁的小孙孙。奇怪的是小家伙头上披着麻布,一副孝子打扮。

秦铁嘴抱着孙子走到灵柩前,说:"孩子,给好公公叩个头。"摸着孙子的头朝灵柩连叩三下,接着又把孩子交给那位长眉老人,"老哥,让孩子也当个孝男吧。"然后,他才跑到李主任跟前,抖着嗓子说,"陈四老伯出殡,我们说什么也得参加,不然,这心里不好受啊。"

李主任望着秦铁嘴诚恳的脸,也受感动了,便一挥手:"行,干脆来个新式隆重,两支乐班子,一支在队前,一支在队后!"

方牛皮心头一热,挥起了鼓槌。

"咚!咚!咚!"三声鼓响,出殡了。

小城轰动了。

大街两侧,人挤人,人扒人,水泄不通。

大街两侧的鞭炮响了,朝着"孝廊"。

二十几位老人(自然还带着一个孩子),向放炮的人走过去,要下拜,却被人们搀住。

大街两侧的鞭炮响了,朝着队前的秦铁嘴,朝着队后的方牛皮。

方牛皮周身血烫起来。

自从和秦铁嘴分手后,还从没哪次出殡得过人们的鞭炮声啊。

"咚咚咚咚……"

方牛皮把浑身劲使到了手臂上。

可是,见鬼了。在震天的锣鼓鞭炮声里,那相处几十年的撩人的唢呐声,从相隔几乎一里长的队前飞过来,拼命往方牛皮耳朵里钻。

方牛皮有点发慌了,那唢呐声就像个使妖法的魔女,竭力要引诱他的鼓槌追着她去。他咬着牙,瞪着眼,使劲控制自己,可是,那鼓却怎么也不肯听指挥,时不时地"开小差"起来。屈胖子小心地瞅瞅他,更加卖力地吹。但是,"响响"的鼓乐仍然有点乱套起来。

李主任跑来了:"方师傅,是不是脚疼得厉害?"

方牛皮恼怒地摆摆脑壳。

"德海老兄——,我这里还为你备着五千响呢——"街旁有人大喊。方牛皮扭过头,只见邱皮匠抱着一圈鞭炮,着急地瞪着眼。许多只手里提着的鞭炮,迟迟不肯点火。

方牛皮再也捺不住了,他扬起一只鼓槌,将身旁屈胖子的唢呐一下拨开,然后闭起眼,索性和着队前传来的唢呐声,擂起了鼓。

周围操锣钹家什的伙计一时都愣住,停住了手。

那要命的唢呐,顿时又亮了不少,而且,越来越响,越来越响……

猛地,方牛皮眼睛大大睁起来:秦铁嘴吹着唢呐朝他跑来了。

方牛皮浑身一振,眼里放出亮光。

屈胖子猛地清醒过来,他操着唢呐,飞快地向队前跑去。

大街两侧骚动了,人们拼命往前挤,许多只手高高举起鞭炮,点起火来。

方牛皮踩着木椅下的踏板,站起身子挥起了鼓槌。秦铁嘴紧紧挨着他,晃起了那颗"白葫芦瓜"。

"噼噼啪啪……"

大街两旁的鞭炮,震天动地响起来。

山上有个韦姑娘

　　车爬上山已是下午六时左右了。郑乃茹钻出车就打个十分醒目的哆嗦又韵味十足地高叫一声："冻死我矣……"在毛毛细雨中扭着纤腰冲进招待所。大家紧跟着打着哆嗦冲进去，手忙脚乱地在走廊里打开行包拽出毛衣往身上套。眨眼间十几个人全都换了景象，用深秋甚至初冬形容都毫不过分了。想想在山下吃饭还吹着风扇，一帮子"文学细胞"无不兴奋异常。

　　"避暑胜地"是货真价实了。那次笔会以后，我不知向多少人吹嘘过。只是我不敢吹嘘那里的景色。我至今还在奇怪那里的山头海拔只一千五百多米，为何只长野草不长森林，而人家泰山华山黄山却树木葱茏苍色似海。当然实事求是的话还是能数出一景："雾海涌涛"。那雾一来就遮天盖地，气势磅礴，一切都被淹没得不留痕迹，十步开外就什么都看不清了。然而那雾团的涌动无论远近你都能看到，那样的汹涌激昂，叫人简直疑心有"訇訇"的响声。

　　韦姑娘就在这大雾的涌动里冒出在我们面前。记不得是第二天的早餐前还是早餐后了。大雾突然涌来的时候，我们无不惊异万状。郑乃茹干脆跳出走廊钻进雾里，大坪里这里那里响起她的尖声叫喊，终于引得喜欢来点浪漫的一帮子人全钻进了雾里，或跳或叫或挥臂拼命要搅动大雾。

"到山头上去！"郑乃茹又发出号召。我们正要热烈响应，立即就响起一个声音：

"坡上草太湿了，会打湿鞋子。"

是个姑娘。这声音是标准的"市腔"。尤其那"湿"字不折不扣地吐成了"丝"。在这偏远荒僻距市里足足五百华里的高山上竟冒出"市腔"，是绝对要让我们来兴趣的。我最先寻到了她。就在我的身后不远，倚着一个洗衣服的水泥台，倚得很有风度，身子稍侧，胯部向一边极有弧度地拱起，两腿悠闲地绕着，双臂则背在身后撑着水泥台。在我们围过去的时候，那姿势一动不动。

我很礼貌地问她："你是招待所的？"

她摇摇头，摇出一种不大在乎"招待所"的味道，然后立即把话又引到雾上：

"这是西山一景，叫'雾海涌涛'，我起的名。"

郑乃茹双手一拍叫起来："哟！这名字起得太有诗意了。你一定也爱好文学吧？"

她淡淡一笑，仍说雾："这雾很神秘，有时刚涌来，你还在惊奇中它又退了。像今天这雾，一下子就会退的。"

"是吗？"郑乃茹伸着头摇了摇。

她盯着郑乃茹的脸，点点头。

我仔细地打量着她：中等个子，身段算不上好，下肢短了一点。但一身深紫色的西装很合体，加上一头披肩发和白白净净的脸，整个人便多少出了韵致。说实话，从昨天上山起我们所看到的牧场女人们，包括招待所的服务员都透着明显的土气，眼前这位算得沙中一珠了。

只是脸上看不清年龄。也许是雾气的荡漾，那长方形的脸给人一种潮乎乎的感觉，五官的细致处和皮肤的质感都化在这潮乎乎里了。

"你不是牧场的?"郑乃茹又问她。

她点点头,可能又觉得这头点得是非不明,加了一句:"是牧场的。"很快又加一句,"老家不是。我父亲的家离市里只有二十里。"

"噢——我们是老乡!"郑乃茹欢呼。

"那你父亲一定是一九五六年开发西山时来的。"范主任站在走廊里也接上来。

"老知青了啰。我们还是一条战壕的嘞!"姜伟接上去。我正想嘲笑姜伟,他才下过四个月乡。姜伟又发问了:"你们怎么还在这儿呢?知青不是都返城了吗?"

她没看姜伟,头一仰,手朝空中一指:"看,散了!"

我们立刻将头四处扭动,果然雾散了。天清朗得很。大大小小的山头傻乎乎地一动不动。

"你说得真准!"郑乃茹拉住她的手臂摇一下。她没作声。眼里很有点矜持。那脸明晰了。五官较为平常,线条顺畅却无特色,脸皮白净但不够光洁,缺乏郑乃茹那种近乎粉态的细腻,而且看上去似乎淡淡的血色没有充分融入这白净里,在脸上微微地浮了出来。这样的脸当然比那些土气的女人要显得出色,但也不能叫人赞美,而且这种脸最不好估计年龄。我揣摸着,她在二十五岁至三十五岁之间吧。

后来从招待所陈所长口里得到答案,她的准确年龄是二十九岁。陈所长还把"韦姑娘"的称呼一并告诉了我们。

于是我们知道她曾经考过三年大学,以后就再不提"大学"二字了。本来可以去子弟学校教书或是去奶粉厂当工人,但她不肯,只在这招待所干了一年半,前年起就又待在家里了。奶牛分给职工承包后,十来头奶牛在她父母手里不难伺候。父母便不让她干什么,只是为她的婚姻大事犯愁。那婚姻大事确实不好办,牧场范围她肯定不嫁，外面的小伙子也不能没得条件。但那条件具体是什么连她父母也没能知道。反正是一共介绍了五个没一个让她点头。当然也有消息灵通的说有人把她介绍给"外面"而"外面"却又不肯点头。终于弄到眼下这种"矮屋不肯进高屋又不让进"的境地。看她本人倒好像不焦不躁，仍然"昂着脑壳走路，埋着脑壳看书"，很少跟别人打交道。不知从什么时候起，也不知从谁嘴里起，就出了"韦姑娘"这个称呼。

在西山，人们对未出嫁的女子是称"妹婆"的。而"姑娘"则是对那些比一般人要显出高贵的女子的称呼，无论婚否，且含义不定，可以叫出尊重也可以叫出揶揄来。因此对这称呼，她开始愣了一阵。然而她到底平平静静接受下来。弄得后来连她父母也这样称呼她了。

搞文学的人对性格特色自然兴趣浓厚。在牧场的短短十天里，韦姑娘成了我们常常议论的话题。最初我们议论的是她为什么这样热衷当义务"导游"陪我们这里那里跑。这工作是招待所陈所长承诺了的。姜伟说她一定出于那种被某些评论家称为"恋根"的感情。因为我们都来自她父亲的故乡。我说也许是她觉得自己太闲了来跟我们热闹热闹。范主任说很可能她想走文学道路。问题是牧场属地区管，地市有界，要不真可以考虑让她参加笔会呢。说着还颇为作难地搔搔那风景萧瑟的脑门。郑乃茹笑了，说都是瞎牛拉犁——乱踩（猜），个中缘由只有她知道，还神秘地瞟姜伟一眼。姜伟就笑着骂郑乃茹糟践人家黄花闺女。我明白了，这一伙男人里唯有姜伟没老婆，他刚离婚了。虽然有个八岁的女儿，冲他能写小说，黄花闺女不一定不动心呢。于是大家要姜伟请客，直闹到韦姑娘在楼下叫我们去看落日了，我们才打住。

一看落日，我们又知道郑乃茹也是瞎牛拉犁了。

那落日实在平淡无奇。暗红色黏黏糊糊的日头朝着大大小小的一片山头后面沉下去。最确切的比喻是朝一锅灰乌乌的饺子里磕了个鸭蛋。站在西山最高的山头上，我们这帮或登过名山或临过大海的"文学细胞"都毫无惊异。姜伟甚至撇撇嘴说：

"我看西山除了一团雾没一点吸引人的景色。这鬼地方待久了会把人的眼珠子都弄灰呢。"

韦姑娘立即接了腔："哟，你眼珠子那么娇贵？连外国人都说西山美呢。中央领导也说西山美呢！"

姜伟又撇撇嘴："外国人看好风景看腻了，见到一个麻风婆相反而亮了眼；中央领导嘛，无非是鼓舞鼓舞西山人……"

韦姑娘脸涨红了，声音尖起来："这是你的歪曲！这只能说明你自己没得眼水！"

范主任狠狠瞪住姜伟："你乱说些什么？你会不会欣赏美？"

我们都觉得不该在韦姑娘面前贬损西山。韦姑娘是真来气了，市腔都走了标准，甚至漏出当地土话，那"眼水"就吐成了"矮许"，纯粹的西山字眼了。于是纷纷表态说西山还是蛮有看头蛮有味的。

姜伟也意识到自己的失误，赶紧自我解嘲："是的是的，我承认自己没得眼水，没得眼水，嘿嘿嘿……"一副玩笑腔调，"眼水"也照搬了韦姑娘的"矮许"。

韦姑娘脸却涨得更红，咬起了嘴。

我们迅速转移话题，各自拼尽自己的想象力描绘眼前的落日景观。然而韦姑娘再不肯说话了。

打回转的时候，范主任让姜伟讲个笑话。姜伟瞟瞟勾头不语的韦姑娘，咳咳喉咙大声讲起来：

"我家隔壁有个老教书匠，很讲究对孩子的启发教学。有次见一个小家伙把'被子'的'被'字忘了，便启发他从睡觉需要的物件上想。小家伙立即说，是'床'字。老教书匠点点头，嗯，接近一点了。床上有什么？小家伙又改口，席子的'席'。

老教书匠又点点头，嗯，又接近一点了。再想想，席子上面是什么？小家伙眨眨眼，那是妈妈呀。老教书匠一愣，只好再点点头，那么，妈妈身上呢？小家伙回答，是爸爸。老教书匠又愣一下，仍然耐心启发，爸爸身上呢？小家伙想了想，摇摇头：没有啦。老教书匠不满意了，你呀，不动脑子。爸爸身上不是被子吗？小家伙反驳：没有！被子叫爸爸蹬到床下了！"

一群人笑得乱七八糟。郑乃茹蹲在地上喘着气骂姜伟。我一边擦眼泪一边看韦姑娘。

却见韦姑娘青着脸噔噔噔朝前走了。

这姜伟又犯了个错误，触着韦姑娘痛处了。

那天晚上我们都在数落姜伟，并一致决定让郑乃茹找机会做做韦姑娘的工作，一定要她懂得姜伟完全是狗嘴里吐不出象牙。

幸好韦姑娘并没生太久的气。第二天刚断黑又来了，要带我们去玩个新鲜：抓泥蛙。

我们几乎是欢呼着跟韦姑娘出发了。

一路上，韦姑娘不停地讲着泥蛙是如何的肉嫩味美远远超过山下的青蛙，抓泥蛙是如何的有趣比别的地方打猎还要叫人来劲。她说："你脚步要轻，眼水要好。那泥蛙蹲在河边像泥巴坨一样，眼水一泄就漏过去了。只要你用光亮对住它，它一动不动的，手伸到它面前它都看不到。那家伙眼水差得很咧……"

我注意到韦姑娘用了好几个"眼水"，而且全是标准的市腔，那"水"字一律地念成唯我们市腔才有的介乎一声和二声之间的"半音"。起初我担心她是借机刺姜伟，又终于觉得这担心没有道理。韦姑娘兴致是真真实实高哩。

来到一条小河边。韦姑娘让我们站住不动，她划根火柴点燃葵秆火把，蹑手蹑脚朝前走。突然，她停住了，火把高高举着，又慢慢伸向前面，另一只手也伸过去，猛的一下，按下地。

我们呼啦一下跑过去。韦姑娘将一只泥蛙穿在了一根小绳上，高高提着让它蹬腿扭身子。那泥蛙足有拳头大，形状和青蛙看不出明显不同，只是一张皮黑油油的。与青蛙比起来这颜色更能给人一种好下锅的感觉。

"我们也来抓！"姜伟叫道。摩拳擦掌。

韦姑娘早给了我们好几支火把，还有几个带了电筒的。于是大家散开在河岸上。一时里火团飘忽光柱摇曳，那景象热烈而又神秘。

我眼睛不好，紧紧跟着韦姑娘。韦姑娘敏捷得很，那姿势就像一只老练的猫。我干脆给她拎战利品。手下蹦蹦弹弹的越来越有分量。

不远处有束光柱晃个不停，不时晃到我手拎的战利品上，一会儿便听到郑乃茹的惊叹："啧啧，韦姑娘真厉害！我一只还没发现呢！"

"莫急，细细看。"

韦姑娘安慰郑乃茹。

韦姑娘话音刚落，郑乃茹就叫起来："哟，发现了发现了，那里有一只！"

姜伟远远送过话来："赶快抓住呀！"

"我……我不敢。它正瞪着我呢……妈耶——"郑乃茹尖叫起来。

"怎么啦怎么啦？"韦姑娘跑过去。

我们都没惊慌。那韵味特足的拖腔还绕着弯的尖叫听多了。姜伟故意声调严重："出什么情况了？"

郑乃茹娇嗲嗲的："它，它刚才朝我跳过来了……"

"那一定是只耍流氓的公泥蛙。"姜伟气忿忿的。

河岸上一片笑。范主任说："郑乃茹，我说你也是个十足的小姐样子。一只泥蛙也怕。看看人家韦姑娘！"

"我哪能跟她比嘛……人家在山上待这么久了！"郑乃茹很

委屈。

我说:"来拎串着的敢不敢?得两个人帮韦姑娘拎呢。"

姜伟惊呼:"唏呀这么多?那明天我们有一餐饱吃啰!"

韦姑娘却谦虚了:"刚才都是运气好。其实我也不里手,跟这里人学还没学会呢。"

我正要惊异还有比她抓泥蛙更厉害的"这里人",她又说了:"回去吧。再抓下去我也不行了。"

我诧异地盯着火把下的韦姑娘。那脸上不像谦虚。

直到今天我还没弄清韦姑娘态度为何变得那样快。而且回去的路上她兴致一直不高。因她的态度突变,使得招待所第二天又去外面买了几斤泥蛙才让我们饱餐一顿。韦姑娘在我们打着饱嗝大赞泥蛙鲜美的时候又来了。她向我们大大描绘了一通外国人如何爱吃泥蛙。那是两个澳大利亚人,省里请来指导办牧场的,在这儿待了一年半。韦姑娘描绘他们夸赞泥蛙的样子形神毕肖,肩膀耸着眉毛扬着拳头晃着,嘴里连连叫:"歪累古德!歪累古德!"又告诉我们,他们说英语。"歪累古德"就是"太好了"。郑乃茹便赶紧说知道,不是"太好了"而是"很好"。韦姑娘看她一眼,没作声。一会儿又说外国人住这招待所时她当服务员,外国人还向她学踢毽子球呢。正当郑乃茹大感兴趣时,她又转了话题,说起中央领导来这儿视察的事了。但我们已听过牧场领导的介绍,兴致不是很高,却见她突然从口袋里拿出一张照片一亮:"看,我还和中央领导合了影呢!"

我们立即盯住那张照片。能和中央领导合影的机会当然是不多的。照片便在大家手里传阅。只见一位老头在照片正中微微笑着,周围站了一大帮人,牧场领导和招待所的所长及服务员全在。韦姑娘紧靠老头身边站着,一脸的激动紧张。

"他退下去了的。"郑乃茹手指老头。

"知道。"韦姑娘收回照片,"可当时他是领导哇。省里县里都有领导陪着呢。"

范主任立即点头："中央领导能到这地方来，说明这地方是不简单嘞。"

"连农林牧部的算上前后来了三个。"韦姑娘说，"全国三个山区示范牧场，就这个办成功了。"

"你们属国营职工吗？"姜伟问。

"那当然！"韦姑娘斜了姜伟一眼，"牧场是县团级呢！我父亲当个队长相当于县里的局长哩。"

姜伟感慨了："你父亲算得扎根牧场的模范了。不容易呀。"

韦姑娘淡淡一笑。

郑乃茹说："哎，找个时间去你家，拜访一下你父亲。"

韦姑娘迟疑一下，说："远哪，十来里。"

"那有什么。"姜伟也来了劲。

"那就去吧。"韦姑娘立即爽快地应允了，"打油茶给你们吃。西山油茶！"

"太好了！"郑乃茹抱住韦姑娘肩膀叫道。

我们是第二天晚餐后去韦姑娘家的。吃晚饭时范主任就告诫我们不要吃得太饱。说吃油茶的规矩是一连四碗。我们都把肚子留了一个不小的角落。结果那角落却没有填满。

韦姑娘来接我们。大家一路走着说说笑笑，惹得一些在坡上刈草的、浇菜的及蹲在屋门口吃饭的人远远近近看着我们。尤其是路上的人，迎面来的在我们身旁站下朝我们细细打量，和我们同方向的匆匆赶过去却又频频地回头。郑乃茹便格外活跃起来，一会儿跑到路边摘野花掐野草，一会儿逗逗在路边啄虫子的鸡，还时不时要别人跳起来给她从路边的什么树上摘下一片叶子。不过她让我跳的时候我谢绝了。我知道她每当外出参观或是参加笔会什么的，只要引旁人注意那活泼就升了级。

韦姑娘也伴着郑乃茹活跃。她比郑乃茹只大一岁，却比郑乃茹多个真正的"姑娘"身份，理应跟郑乃茹一样活跃。于是我好几次发现她的笑声确实比郑乃茹要响。甚至在别人跳起来摘树叶的时候，她比郑乃茹还多要了一片。只是路上碰到人，她从不打招呼。只有个开手扶拖拉机的小伙子正在超越我们的时候被她叫住了：

"哎，四清，明天下山进货不？进点搽面的来呀，天快冷了。"

"么的？进点'抓瘪的'？"小伙子让装满草的手拖慢下来。一口西山土腔。"抓瘪"二字用鼻音吐出来显得有点滑稽。

"莫耍油嘴。抓瘪你个脑壳！"韦姑娘又在市腔里把"抓瘪"二字变得悦耳了一些。

"哦，你要涂脸巴子的？我店里有哇。"小伙子耸耸鼻子。

"还是那面友冷蝶！进点好珍珠霜呀！"

"卖得脱？这山上怕就你一个人用。"

"我一个人就不是顾客？"韦姑娘挺起脖子。

"哟哟哟，凶起来了。其实我想送你一瓶。"

"再耍油嘴，我打你嘴巴！"韦姑娘瞪起眼。

"投降投降。"小伙子缩缩脖子，又认真地说，"告诉你，城里新到一种高级防皱霜，四块五一瓶，嫌贵不？"

"是——吗？"韦姑娘伸着脸摇了摇。

"那算什么！"郑乃茹代韦姑娘作了决定。韦姑娘转脸向她笑笑。我忽然觉得，韦姑娘刚才伸着脸摇出"是吗"的神情，简直是学了郑乃茹的。

小伙子开走了车，在前面拐个弯不见了。

待我们也在前面拐了个弯，韦姑娘的家到了。

现在想起来，韦姑娘的父亲那份热情仍然令人心动。桌子上摆满了糖：连环酥、杨梅松、人字饼干。他一会搓着大手为山上买不到好糖而抱歉，一会儿又挨个地大把抓糖往我们手里塞。听着那一口地道的市腔，看着那一双青筋鼓鼓的手，我心里一阵阵冲动：这就是三十多年前背着铺盖从我们那里走出来的知识青年？

范主任说："老韦同志，你莫客气，我们是自家人呢。"

老韦点点头："是的是的，自家人，自家人。"那声音颇为激动。一会儿又赶紧笑笑，"嘿嘿，挤了你们了，屋子窄了一点。"

是窄了一点，十来个人转不过身了。这是老韦夫妻的住房兼客厅，里面紧邻是韦姑娘的闺房，门口吊着画报纸卷的彩珠帘子；透过帘子看得到最里面是厨房。这格局是典型的"筒子格"。

"不过住上这号房子也算好了。我们刚上来那阵，住的棚子呢。"老韦说。

"你们不上来时还没有棚子呢！"韦姑娘从帘子里探出头来，又立即缩进去。郑乃茹早跟她进了闺房，在里面细细参观。

"嗨，看看！"郑乃茹冲出来，手举着一个野芦花草编的玩意儿。两棵长长的野芦花草互相扭来扭去最后扭成个不知道是什么的图形。

"你们说它像什么？"郑乃茹歪着头。

韦姑娘笑笑："我胡编着玩，没打算像什么。"

姜伟细细打量那玩意儿，说："完全算得一件在民族风格上吸收现代派手法的艺术精品，那两穗长长的芦花是牛角，中间那三角形是牛头。一个颇具抽象意味的奶牛头像。"

"对，奶牛头像！"郑乃茹叫起来。又转向韦姑娘："送我了！我带回去插在床头上。"

"送你吧。"韦姑娘笑笑。脸上那不太匀的血色浓了不少。

郑乃茹又欣赏一阵奶牛头像，向韦姑娘说："你很有艺术天赋哟！应该再多读点美学方面的书。看你那桌上，琼瑶呀，岑凯伦呀，没好处！像克罗齐、格森、卡西尔啊，都要读读，写点东西出来！"郑乃茹盯着韦姑娘满怀期望。自从在市报上发表了一篇小说两首诗，郑乃茹嘴里常常出现西方现代美学大师。

韦姑娘望着郑乃茹，微微张着嘴。老韦插话了："写东西？是吃那棵菜的虫？"

韦姑娘也摇摇头："学得下你们那份本事就好啦！"脸有点灰下来。

老韦立即又补一句："不过，在这山上条件也太有限了点……来，吃糖吃糖。"他又挨个地大把抓糖往我们手里塞。看着我们多少都吃了点，点点头，"不容易呀，你们来玩……"又点点头，很是感慨，"那年中央领导来了，场里说是要来我家看看，我们全家忙一天，她妈都专门请人赶做了一件新衣服呢。后来领导忙，没来成。"

郑乃茹立即叫道："真的，大妈呢？没见她呀！"

"去挤奶场挤奶了。"老韦说。

窗外有孩子嚷："挤完了，我娘我姐都回来了。"

"那就在清扫，要不准备明早的饲料。"老韦抓起几块糖递给窗外几个孩子，"去玩去玩。"几个孩子攥着糖跑开了。

韦姑娘说："我去打油茶。"转身走开。

"莫把油子炒焦了啊！"老韦向女儿喊。又向大家笑笑，"吃过我们的油茶吗？"

我们都说没吃过，但早听说过，很想尝尝。

老韦点点头："油茶好吃，好吃。我一来这里，最先学会的就是打油茶。打了三十多年油茶了。"说着又摇摇头，望着窗外，"三十多年啦……"那眼神渐渐地一动不动。

姜伟问："老韦，你一直没想过回去？"

"回去？……当然想过……"老韦笑了笑，"原先招工嘛，家庭出身不好。后来呢，成家了，成了扎根先进分子了。大返城那阵，也动过心，但是，老婆是本地人哪，我们说是国营，农业工人调不动的。弄个半边户也不好过日子哩。而且，儿子也埋在这里——韦姑娘还有个弟弟，十四岁让脑膜炎坏了。她妈舍不得丢下他，我也不忍心……"老韦声音有点低下来。

大家都沉默了。

老韦突然又叫起来："焦了！你看真炒焦了！"快步向厨房跨去。

厨房里只听得乱成一团。突然韦姑娘一声尖叫："妈耶——"

我们呼地站起。老韦的声音传出来："不要紧不要紧，只溅出一点汤，那手伤不了。"我们又吁一口气。这才觉得那一声叫并不恐怖，拖腔还绕着弯很有点郑乃茹的味道。

一会儿，油茶端出来了。黑酽酽的茶叶汤，浮着厚厚一层炒熟的花生米、包谷花、黄豆和芝麻。但那花生米和芝麻都炒焦了，一股苦味。

老韦搓着手："再另外炒点油子？我去炒。"

我们赶紧阻拦，都真诚地说好吃。

老韦却坦率："哪能好吃呢！不想吃就莫吃了。我们不兴那'四季发财'。"

我们便得了大赦似的放了碗。韦姑娘脸上一层歉色。看看这个看看那个。

范主任按按脑门上几根头发说："韦姑娘啊，看来你打油茶还没学到家，与这里人比差上一截啊。"

韦姑娘赶紧点头："是哩是哩！我老学不来这里人哩。"脸上分明又高兴起来。

天已经黑下一阵，我们该告辞了。遗憾的是一直没见韦姑娘的母亲回来。

韦姑娘的母亲后来只有郑乃茹见到了。那是两天以后。郑乃茹去商店买圆珠笔芯，在商店门口与韦姑娘的母亲碰个正着。

郑乃茹回来眉飞色舞："嗨，嗨！你们绝对想不到绝对想不到。韦姑娘她母亲什么样子！"在我们眼睛刚刚睁起来时，她又迫不及待用手在胸前一比,"这么高!"低下头看,将手又压压,准确地横在高高的乳峰前,"硬是只有这么高!啧啧,她丈夫那么高,她站在旁边是个什么景致?"

我们都呆住了。无论如何不能将韦姑娘与她母亲连起来。个头顶住郑乃茹的乳峰绝对超不过一米五。

"而且说话喉咙总是嗞嗞响,听得人实在不舒服。偏偏又老跟你说个不停。"

"都跟你说些什么?"范主任问。

"嗨!"郑乃茹重重感叹一声,"要我做做她女儿的工作,在牧场成个家算了。说是一个人只有四两命,拼死也争不来半斤。哎,猜得到要她女儿嫁给谁吗?"郑乃茹一脸神秘。

"不会是我吧。我可不敢要哇。"姜伟耸耸肩。

"就是那天开手扶拖拉机的!"

"哦?"我们都有点意外。

"说是韦姑娘父亲也同意。小伙子勤快又会挣钱,比韦姑娘小三岁还蛮愿意的。她父亲昨天晚上正式跟她说了。可韦姑娘就是不肯,还发气了,叫着:有什么好有什么好!像你一样在这山上待一辈子?这鬼地方把人眼珠子都弄灰了!"

我们微微张着嘴,静静听着。

"她母亲还拉住我的手说,帮个忙吧。她就喜欢跟你们山下来的人伙队。你们又是写书的就更加了,讲话她信服嘞。帮我们劝劝她要得吗?我一个劲点头要得。再听她喉咙里嗞嗞下去,我这神经衰弱肯定加重几分了。"郑乃茹往床头一坐,疲倦极了。

没谁作声。房子里一片寂静。

一会儿,姜伟说话了:"是该劝劝她。"

大家立即议论起来。最后形成一致意见,韦姑娘确实应该接受父母的选择。

范主任郑重地吩咐郑乃茹："你专门抽个时间和韦姑娘好好谈一番吧,说点切实的话。"

郑乃茹神情也郑重起来,好一阵,点点头:"我试试吧。"

然而万万没料到,事情叫郑乃茹"试"得糟透了。而且仅仅是因为她那盒小小的"永芳"美容霜。

本来郑乃茹已经把韦姑娘叫到自己房里了,甚至很可能像写小说打伏笔一样山上山下说了好一通了。可偏偏这时候郑乃茹要上厕所——她信奉多喝水美容的理论便不得不常常跑厕所。又偏偏桌上那盒小小的"永芳"美容霜引起了韦姑娘注意。也许韦姑娘看着盒上的说明来了兴趣;还也许韦姑娘觉得自己跟郑乃茹已经亲如姐妹了,于是她揭开盒盖用指头挑了蚕豆大一块用手掌搓开,对着镜子细细涂起脸来。正在这时郑乃茹回来了,眼一睁大叫起来:

"啊呀呀,你怎么搞的嘛!这是什么你晓得吗?托人从上海带回来的你晓得吗?一点点大一盒就是九元八你晓得吗?你当是你们那雪花膏蛤蜊油?还挖老大一个洞!我都是手指头舔一点点啊!"

韦姑娘望着郑乃茹,张大嘴不知所措。

郑乃茹实在是气坏了,仍然一个劲叫:"你也太那个了你!怎么随随便便动人家的东西嘛你!而且又是人家不在的时候……"

等我们都被惊动赶到郑乃茹房间去时,韦姑娘已经冲下了楼。我们只看到那张脸苍白地闪了一下就不见了。

我们全都责怪起郑乃茹来,直说得她终于低了头。

当天晚上,招待所陈所长给郑乃茹送来十元钱。说韦姑娘托他转交的。郑乃茹说什么也不肯收。于是那晚上我们又有了议题,大家从韦姑娘的自尊心说到经济文化环境对人的性格影响。以至好几个人都表示要写篇关于韦姑娘的小说或散文什么的。

但直到此刻我真的在写了,我却不知道究竟该写些什么。

我跟前只是老在浮着和韦姑娘分手的情景。心里拱动着一股说不清的滋味。

分手在美容霜事件后的第三天。本来那事件后韦姑娘再没来了。而且在离开牧场的头天晚上,我们又听招待所陈所长说了一个消息:韦姑娘已经答应和开手扶拖拉机的小伙子结婚了,大家都为韦姑娘到底解决了婚姻大事而欣慰,还叮嘱陈所长日后把韦姑娘的婚期函告我们,我们一定合伙买点什么礼品寄来。

那天早上,我们乘市文联专从市里包租的一辆中巴下山了。牧场领导和招待所全体人员都在送我们。陈所长点燃了一挂长长的鞭炮。我们的心都被鞭炮炸得激动起来。山高人情浓啊!

只是没有和韦姑娘告个别,多少有点遗憾。

车爬了一个坡,又拐了个弯。蓦地,我们睁大了眼,路边站着韦姑娘。

车立即停住。我们纷纷跳下车来,向韦姑娘道别并感谢她为我们的无偿服务。

韦姑娘没说话,让我们一一握手。那眼睛一点一点红起来。

我们心里便都有点难受起来。

车开动时,韦姑娘扬起手,眼里终于涌出了泪。

"等一等!"郑乃茹叫道,又冲下车去,将一个东西塞在韦姑娘手里,"这盒'永芳'送给你。"

韦姑娘连连摇头:"不要,不要,真的……反正,现在……也用不着了……"声音哽咽起来。

"你一定要收下!"郑乃茹激动地叫道,抓住她的手重重一摇,抹着眼睛冲上车来。

车慢慢开动了。韦姑娘肩膀在抽动。终于,那哽咽声越来越大了。

我们都挤在窗口,拼命向韦姑娘挥手。

韦姑娘追了几步，停住了，蹲在地上号啕大哭，一边哭一边攥着那盒"永芳"晃着。突然，她将"永芳"重重搁在地上，抓起一块石头砸下去。

我们全惊愕地瞪大了眼，只见她一边痛哭一边狠狠砸着。那盒里的乳膏便四散迸射出一朵朵粉红的花来……

湾里一蔸蝴蝶花

香湾这名字好听，叫你闭眼就看到，那里院前院后，坡上路边，开满了五颜六色的花，一股股香气拼命往人身上扑，朝人鼻孔里钻，要把人醉倒。于是，实情话不好告诉你了——那是个徒有虚名的小山坳哩。莫说花，连株像样一点的树也少见，四周小山包，大都绕满了一梯一梯的畲和靠雨水浇灌的"天水田"；就是一两个未开垦的小山包，也只见一片浅浅的茅草、蕨叶、零零落落的树蔸和稀稀拉拉、又矮又瘦的小枞树。

整个香湾的景象，一个颜色画下来了，灰蒙蒙，乌溜溜。

当然，说全没得花，香湾人不服气的。近年来，湾里的院落前后，也出现了新栽的桃李——春日能看到几点红红白白的颜色了；封山育林的坡上，灌木也比往年茂密——阳春三月有几丛红艳艳的三月花，金秋时节有几点黄灿灿的野菊花了。

最令人惊异的是，湾口的坡下，一个背阳的小洼地里，居然长出一蔸湾里人从没见过的花。

那是什么样的花哟！碧绿碧绿、宝剑一样的叶片丛中，伸出几枝秀挺的茎来，茎尖上顶着一朵茶碗大的花。那花也怪，不红，不黄，也不白，却是蓝莹莹的，还带点紫色。花瓣轻轻舒展，在五月的南风中微微颤动，像几只翩翩起舞的大蝴蝶。

首先是扯猪草的嫩妹子家，接着，大姑娘、妇人家、男娃、小伙、大汉子，甚至上了年纪的老爹老娘，都晓得它，看过它了，无一不为这奇特好看的花晃脑壳，"啧"嘴巴。

有爱俏的黄花姑娘竟耐不住这诱惑，跷起兰花指想掐下一朵来。

"呃呃，莫动！"一个沙沙的老嗓子把她喝阻了。接着，稳重的脚步远远地绕着花转了一圈，像勘查什么。终于，结论出来了："没错，是这里，那麻风鬼是埋在这里。"

啊呀呀，是咧，二十年前，不知从哪儿跑来一个麻风女人，在这里一株大柳树上吊死了。湾里人把她埋在柳树下。如今，柳树不在了，可这蔸花明明长在一个微微隆起的土堆上呢。

"是哟，我们香湾，过去只有红花黄花白花，谁见过这号蓝幽幽的花呀。"

"样子也怪，妖飘飘的。"

"气味也不对，闷鼻子哩。"

都这样议论起来，越发觉得那花叫人脑壳皮发麻，就连那块洼地也万万去不得了。

当然也有不怕鬼的小伙，可是听到"吸麻风尸水长的花，摸摸都会沾上麻风毒"的警告，想到还有找老婆的任务，自然也怕见得那怪花了。

也有既不怕鬼，又不信花上沾着麻风毒的，这便是秋云婆。

秋云婆并非一个带任何"婆态"的老妇人，倒是个三十岁不到，长得细细条条、弯眉秀眼的年轻女子。在香湾，称呼中年以下的女人，总爱带个"婆"字（哪怕你是黄花姑娘），称呼中年以下的男人，又要加上个"坨"字，这是老习惯，不好改的了。

秋云婆站在那蔸"怪花"前，一手抓着挎在胯部的人造革挎包，一手撑着膝，弯腰细细端详它。啊，太好看了，这样好看的花，该起个好听的名字。叫什么呢……叫蝴蝶花吧。对，蝴蝶花！"南风吹呀吹，蝴蝶飞呀飞。"这景象多美！

"哎，蝴蝶花，飞呀，在我们这湾里到处飞呀。"这秋云婆从县城回来，坐五十里车，走二十里路，还不累，小孩一样，跟花逗起来。

心里高兴咧。人造革挎包里，兜着本记有五百多元钱的活期存折，还有三百多元崭新的票票。

这是她和丈夫三个月的心血呀。产品上市了，甜酒曲被县农贸公司包销了！下一步，要扩大生产计划了！一张迷人的蓝图，正在她眼前放出奇异的光采。心里怎不美滋滋的？

"飞呀，蝴蝶花，飞呀。"傍晚的南风习习吹来，蝴蝶花当真要飞起来了。

秋云婆笑了，两只手臂禁不住也撒了一下。

她也是一只蝴蝶咧，也在这爽人的南风中飞起来了咧。

"兴致！还玩花。听听人家的！"丈夫来接她了，知道她今天回。丈夫叫杨安。说话总无头无脑，又极短。缺乏语法训练吗？还是个初中毕业生哩。怕是那嘴唇太厚，把话挤得短不溜秃了。

秋云婆第一次上他家"相郎"，是个大热天。两人坐在里屋，热得汗津津。秋云婆勾着脑壳，不时用眼角瞟瞟那壮实如牛牯的身影，心房里有只麻蛔在窜。那"牛牯"，双手抓着白的确良衬衣下摆，拼命往胸口上扇，一会儿，站起来，咕噜一句："好个鬼！硬弄来。"秋云婆一惊，猛地站起，嗵嗵嗵走了。事后才弄清楚，他嫌的是白的确良衬衣不透气，怪媒婆郑姨娘霸蛮将她崽的这件衣给他临时套上呢。

他哪里敢嫌楠竹笋子似的秋云婆！

害得郑姨娘多费好多周折，嘴巴和脚板都磨起了泡。

"人家说什么呀，竹蔸坨？"香湾人有丰富而又特别的想象力，节把短而粗的竹蔸蔸，安在说话短而秃的杨安头上，连妻子也承认实在合适。

"钱没回，都晓得了，说捡了落地财。"

哦——，那是人家感到奇了。一手抓回一大叠票票，在田里要做多久？

秋云婆笑了。像喝了一碗蜜。

当初，有谁相信她能搞成器？

说起来也是，一个耍泥巴的乡下人，做梦都离不得田土的，居然想搞什么"化学"，办什么"家庭工厂"，不就是向外地一个科研所讨来个小资料本本？不就是到县酒曲厂一个亲戚那里泡了十来天？更有味的是那些设备：篾条扎架，糊上报纸，蒙上纱布，是什么"接种育苗"的密室；一个尺多长的硬纸盒，天热吊在窗口，天冷靠在灶边，是什么菌种生存、发育的"恒温室"，一口煮猪潲用的大锅加一个大蒸笼，代替什么"紫外线消毒"，还有什么"人工翻堆"代替"鼓风机降温"……名词倒挺新鲜，就是不怕把人家牙齿笑掉。

郑姨娘就尖起喉咙向她喊过："秋云婆，你把喂猪的麦麸皮变成卖大钱的东西，我手掌上煎个蛋给你吃。"

手掌上能煎蛋吗？秋云婆不由得伸出双掌，笑眯眯打量着。掌上，厚厚的茧皮一块叠一块，手指也正在变得粗大起来。这是搓揉麸皮的结果。

杨安不由得捧过妻子的手，抚摸起来。

妻子是舍得吃苦，且又有头脑的。比他只多读两年书，却好像懂得蛮多。搞了责任制，本来日子比往年好多了，她却嫌这种"小干小好"不过瘾，说要大好还得大干一番。

这大干，叫杨安把心都吊到了下巴下。麸皮，一连好几百斤都变成了猪都不闻的酸渣渣；一次又一次向外地一个科研所邮购宝贝菌种，也一次又一次地报销在试验中；还有柴，几十里外砍来的，白白烧了；耗费的工就更莫算啰……杨安急得转圈圈，劝她快收场，让自己再出去干那老副业——帮拉煤板车背边索，好补回损失。她摇摇头，还瞪他一眼。

是啊，钓麻蝈都要舍个棉球球哩，何况这还是"搞工业"。

到底，钓着个大麻蝈了。

只是，这麻蝈竟有点咬手哩。

摸着这双失去女性纤秀的粗手，瞅着那双套上淡紫色圈圈的眼睛，杨安心里叹了一口长气。唉，挣钱也为难，少了，觉得不过瘾；多了，又怕人家指背脊、鼓眼睛。

"你呀，硬是个竹蔸坨。"秋云婆抽出手，轻轻在丈夫额上一点。依她看，丈夫的竹蔸脾性，还包含着藏在地下怕出众的意思。

"回去吧，给你买了瓶好酒呢。把那只黄鸡婆也杀了。该好好吃一餐了。"

能好好吃一餐吗？

院门响个不停，脚步声响个不停。这个才走了，那个又来了。香湾人今晚没得瞌睡。

"秋云婆，听说你一家伙就捞回千把块？"

"秋云婆，你那些麦麸小包包，卖了咯多钱？"

"秋云婆，到底捞了好多？"

赶紧搁下饭碗，炒瓜子，泡热茶；跟来了小孩的，给几块纸包糖；进来的是男人，递上一支烟，带黄把把的。

"一千还差点，不过嘛，日后打开场面，上万不成问题的。"秋云婆一张脸笑成了花。

"啊——"在场的人的嘴张成了量米筒。

上"万"？在香湾，历史上最大的富家，要数光绪时候的顺公员外了，可顺公员外也就五十亩田的家产呀。

杨安急了，望着妻子，方脸皱成一块苦瓜皮。

"弄这样的冒失钱，要得的？"问的人有些担心。

"当然要得，自己学科学，流汗水，正当正行。我们，还要扩大生产呢。"秋云婆挥挥手，忘情地说。她脑子里，只有令人心醉的宏伟计划。"明日起，每天清早要请几个小工揉麦麸呢。"

"叫我那妇人来吧，她做事麻利。"有个汉子赶紧为老婆定预约。

"嗯啰。"秋云婆点点头。

"我来一个哟，反正那两块田不经几下做，叫崽他爹在屋里代我煮饭。"

"好的。"秋云婆点点头。

"我让庆坨来，清早又不读书的。"

"庆坨？细娃子……"

"哎，他做事抵得个大妹子呢。"

好不容易才勉强点了下头。

"让我爹来吧，老人反正在家无事，揉揉麸皮还行的。"

"这……"实在不好点头了。

热闹还在第二天清早。

秋云婆家门口，等满了揉麸皮的人。妇人、妹子、细娃、老头，几乎湾里五十来户人家家家有代表，连媒婆郑姨娘都来了。

"我上午才出门，早晨闲着，有弄现钱的地方还不好。"五十多岁的郑姨娘穿得舒舒展展，右胸衣襟里还掖块花手绢，像是来给谁做媒。

秋云婆的弯眉高高挑起来，杨安有棱有角的五官挤到了一块。

这是赶墟来了？看电影来了？还是像以往没分队时，听见队长哨子叫，参加那照记工分的大会来了？

"我们，只要得五六个小工呀。"秋云婆为难了。

人们谁也不回答，一个个拿眼睛盯着她。是呀，你说要哪个？我站这里，你要不要？

远处，传来"嗬哧"声，放牛娃子吆牛上草坡了。

秋云婆抿着嘴，手指绞着腰间的围裙角。

"秋云婆呃——，老话说，不怕大发财，就怕独发财。你捡个金菩萨，莫要认不清人了呢——"郑姨娘憋不住了，话里有"馅"。

"郑姨娘，您来吧。"杨安赶紧开口，表示"认得清人"。

郑姨娘大模大样走过来，轻轻一挽袖："快端团箕出来，吃了早饭，我还要去毛栗坳做媒呢。"

"哎哎，竹蒬坨，你就记得媒婆？你接亲用的抬盒，借哪个的？"一个妇人叫起来。

杨安看了秋云婆一眼，低低说，叫她也来吧。

还没等秋云婆答话，人们争先恐后都喊起来：

"竹蒬坨，你娘'上山'时，我屋里那个也在抬咧！"

"秋云婆，你落月是哪个喊的接生婆？崽没带着，情也没得了？"

"秋云婆，你晒麦麸皮，是用了众人占份的晒谷坪咧。"

秋云婆耳朵都震麻了。她这才晓得悔，昨夜不该高兴得忘了形。现在咋办呢，一个湾里的人，谁都牵着情啊。

莫轻看这几个小工钱。在乡下，"多得不如现得"的老习惯流传了千百年。栏里有壮猪，圈里有鸡鸭，田里畲里有将来吃不完、能卖钱的粮食，也还是喜欢抓两个"现活钱"哩。何况如今农事不经几下做，有空闲；何况抓"现活钱"的地方就在身边。

难啊。白手起家做酒曲也没这么难。

"只有轮着来。"丈夫懊丧地说。

一句话提醒了秋云婆。这竹兜坨倒能急中生智。

她向几十双眼睛开口了，带着抱歉的笑：感谢大家支持。只是人多事少，大家轮着来吧，今早留二十个人，每人只揉一团箕麸皮，过三天，又有二十团箕麸皮，再来二十个……"

"揉一团箕好多钱？"郑姨娘问。

"五角。"秋云婆答。

郑姨娘嘴巴瘪了一下，接着又催："快端团箕来啰。"

杨安赶紧跑进了屋。

于是，每隔三个早晨，秋云婆家的堂屋和窄小的院里就热闹起来，这边喊，那边叫，这个唱，那个笑。一双双手臂，粗的、瘦的、长的、短的，伸在团箕里，揉着，搅着。秋云婆忙得团团转，一下窜进堂屋，一下跑到院里，纠正这个揉的方法，检查那个揉的质量，叫这个莫把口水溅在麸皮上，叫那个莫把不干净的衣角掉在团箕里。

她比做小工的还累。

小工杂七杂八，揉的麸皮质量也七上八下；卫生更加成问题，打盆凉开水要他们先洗个手吧，还很不高兴，说你讲究太多；最伤脑筋的是，发个口罩不肯戴，还边揉边嘻嘻哈哈，喊都喊不住……

这样请小工，怎么行？

小工的代表郑姨娘找来了——她是唯一有特权，每次都来做小工的。

"哎哟哟，秋云婆，我手臂酸得拿不稳筷子了，这功夫重咧。"郑姨娘抖着手臂，咧着嘴吸气。

"您上年纪了，莫来吃这份苦吧。"秋云婆顺着风向劝。

"呃呃，饱气力壮的妇人都喊手臂酸啦！大家说，这五角钱不容易弄咧。"

道出来意了。秋云婆笑笑："郑姨娘，说实在的，那就比河边揉衣服多用得一点点力，揉一团箕嘛，方法对头只要半点钟。五角钱，还少？"

"咳——，哪能这样算哟，半点钟打鞋底，还弄不到五角钱哩。可你这是什么？你捡个金菩萨，也让乡里乡邻都舔舔，舌头上沾点黄嘛……好啰，就算一块钱一团箕啰，大家说的！"简直是下命令的口吻，还掏出掖在右胸的花手绢，在嘴角的唾沫泡上揩揩，走了。

"一块？我家印票子？"杨安站在妻子身旁，咕噜着。

秋云婆没作声。脑壳乱得很，像搅了一锅粥。她慢慢走出了院子。

家家屋顶飘出炊烟了。这里没有砌烟囱的习惯，让蓝蓝的烟从瓦隙里漫出，它会在屋顶盘绕一会，再低低地散到空中去。一阵阵炒菜的香味，也和在这蓝烟里，四处飘散。

若是平日，秋云婆会猜，哪阵香气，从哪家飘出；哪家的饭桌上，摆的什么菜，哪家舍得吃，餐餐有荤还有酒；哪家舍不得，日子比往年松快多了，仍旧省着嘴巴……对这些一同生活在湾里的乡邻，她太熟悉了啊。

现在呢，似乎对他们又不太熟悉了，或者说，是他们对自己开始生疏起来了……

人，是怎么一回事啊？

这小工，暂时不能请下去了。可是，如何辞退人家？几天前的早晨，院门前的情形，就忘了？秋云婆茫然地走着。

啊,蝴蝶花!竟走到这里来了。秋云婆跑到蝴蝶花跟前,定定望着它。

还是这么安然,这么自在,悠然飘香,翩然欲舞。

她忍不住轻轻摇摇它。

"要生麻风的!要生麻风的!"远处的小河边,有个小孩骑在饮水的牛牯背上,大声向她喊。

生麻风?秋云婆笑了笑。麻风女人到底埋在哪里,很容易证实嘛。

忽然,她那弯弯的眉头一跳,一双大眼眯起来了。

莫不是有了什么主意?

第二天清晨,出现了这样情景:

郑姨娘又是第一个来到秋云婆的院门前。她来得早,是生怕别人排开了她那份特权;还有,那些团箕中有个稍稍小一点的(麸皮自然会少一点点)要先占了它。

"秋云婆,快把团箕都端出来!"她一把推开院门。

"呀呀!"前脚刚踩进院,又尖叫着跳回院门外,脸色都白了。

院里,挨着门口,那蔸妖模怪样、满身渗着麻风毒的鬼花,正长在一个大酱钵里。那几朵叫人脑壳皮发麻的蓝幽幽花,借着晨风,向进院门的人不怀好意地抖着,像妖魂张着翅膀,随时要扑过来。

"秋云婆,竹蔸坨,发癫了?把麻风鬼花弄到院子门口!"郑姨娘站在远离院门的土坎上,大声叫嚷,气得走了嗓。

秋云婆出来了,袖子高挽,腰束围裙,下巴还吊个白口罩。她扬起脸,满脸笑:"这花儿好看!摆在院里美气咧。"

"呸——!"郑姨娘狠狠唾一口,愤愤地走了。

接下来，前来捞小工做的人，或一进院门打个寒噤就走，或在半路上得了信就打了回转。

秋云婆的院里，冷清了。

秋云婆的脸上，苦笑了。

狗急了，会跳墙；鸡急了，会上梁；人急了，或许会干出缺德的事来。

秋云婆缺德了吗？

麸皮，两口子狠劲揉。早起点，多累点，咬紧牙关舍命干。可是，二十个大团箕往哪里晒？晒谷坪？看看吧，这家晒着一箩燥崩脆的谷，那家晒着几斗隔年老苞谷子，另外一家呢，想是找不出什么好晒的，把一大缸喂猪的、剁碎了的干红薯藤也搬出来晒了。众人占份的晒谷坪，哪个不能晒东西？！

"莫做了，把人得罪完。"杨安又咕噜了。

莫做？将大把到手的票子又撕碎扔河里去？将快铸好的金饭碗敲碎，重新端起瓦钵钵？秋云婆瞪了竹蔸蔸丈夫一眼。

"找贵满说去，大队部不是要出租两间房？我们把车间搬那儿去，再下把苦劲，把烘烤房搞成功，雨天烘，晴天晒，门口有个空坪嘛。"

好法子！两口佬赶紧去找大队支书贵满，饭都忘了吃。

找到贵满，肚子才真正饱了。装的不是饭，是气。

"把房子租给你们？做甜酒曲？支持私人开工厂？唵？"这话是贵满那张胡子拉碴的嘴里吐出来的。莫看他没读什么书，却很懂得反问句的驳斥力。

"早跟你们招呼过几次了？不听。如今大队领导的话成黄牛婆的屁——不响了？"

"不用争，我还不晓得，致富致富，要走正路。你们俩都是贫下中农家庭出身的嘛！"

"不错，湾里田少了点，挖尽它的潜力没？还有猪栏呢？鸡笼鸭圈呢？鱼塘山坡呢？你尽可以种，尽可以养嘛。农民农民，顶个'农'字做嘛的？中国八亿农民，只要一半像你们，社会主义农村就乱套了，四化建设还怎么搞？想过没，唵？"

想过了，早想过了。秋云婆脑壳比你灵泛哩。党中央号召劳动致富嘛，科学致富嘛，自力更生开家庭工厂；不是劳动加科学？如今粮食多了，自家做甜酒的多了，需要酒曲的也多了，我满足群众需要，不好？农民永世只能姓"农"？八亿农民的数字变不得，"农业国变成工业国"不是空话？

也是一串反问句。只是没说出口，因为贵满走开了。

支书的话，给秋云婆两口佬的行为做了结论。

湾里都晓得了。

那不是正路！早就觉得不对头咧。一家伙捞千把块，有这样弄钱的？

当农民，能打往"万"上捞票子的算盘？超过顺公员外一截了，顺公员外是剥削阶级嘛。

幸亏只给她揉了两早晨麸皮，要不，打起她的资本主义来，还捎上我。

阿弥陀佛，搭帮那蔸"麻风鬼花"。

竹蔸坨杨安顶不住了，苦脸劝妻子，算了吧，何苦四面受气，钱弄不尽的。

秋云婆重重一摆头，不！硬要搞下去，不搞，倒承认自己输理了。

她心里憋上了气。

有时，一股气也能在关键中起作用。

麸皮没晒处吗？把团箕摆上屋顶去，摆到自己承包的田塍上去；还要多揉点麸皮，多摆几个团箕！

周围的眼睛,有鼓着的,有瞪着的,有斜着的,都等着看秋云婆的好戏。

"好戏"到底来了一个。

卖给县农贸公司的一万八千包甜酒曲,五千包销售了,一万三千包退回来了。

质量不过关?买了它的人做的糯米酒,甜得黏嘴,香得醉人。

价格太贵?一包批发价才五分钱,零售价才七分钱,比县酒曲厂的便宜两分。

来收回购货款的同志说,县酒曲厂差点跟他们闹官司了,说他们"支持私人黑厂,打击集体经济",酒曲厂三十多名工人若是发不出工资,要来农贸公司坐着吃饭。农贸公司那位到桂林参观回采的经理,也向供销科长发火了,说他"糊里糊涂",县办厂的产品就是比私人的质量差,价钱贵,也只能要县办厂的,这是个"方向问题"。

方向问题可了不得。

秋云婆呆呆的,望着堆在堂屋里的退货,瞪着眼一动不动。

小时候,跟老师去爬山,老师走在石级上说,谁先把红领巾系在山顶那株老枞树的弯枝上,奖励谁一本连环画。话刚落音,同学们"哄"地跑起来,一会儿,她落在了最后。望着在弯弯曲曲的石级上争先恐后往上蹬的同学们,她眉头一挑,猫腰钻进了石板路旁的灌木丛。

她赢了,第一个到了山顶。她走的是一条最近的"路",打毛栗的人踩出来的。辫子挂散了,衣襟撕破了,她自豪地笑了,连环画该奖给她。

连环画没奖给她。大家都说她抄近路,不算;还有人说她

"投机取巧"。她气愤愤找老师，老师也没支持她，说她该听听大家意见，不能耍巧。

她哭了。

那件事，现在还想不通。到山顶的路好多条，怎么不能"巧"，选近的？近路其实更不好走，流的汗水比人家还多呢。

走路是难的。爬山是难的。翻个新花样，闯条"富"路子，也是难的。

这一次，还哭吗？

"竹蔸坨，两个都出去，挑着货，一包一包去卖。"

秋云婆咬住了嘴唇。她相信自己的产品能找到销路，就像相信自己还能养出个孩子，并带得壮壮巴巴一样。

她没相信错。

家里来了客，一对中年夫妻，敲三棒鼓的好手。他们是邻省的。插完稻，想出来弄弄钱了，留下成年的孩子照拂田里，夫妻背起三棒鼓，双双出了门。

"跟你们做桩生意，行不？"敲三棒鼓的好手说。

"我没心思听三棒鼓。"秋云婆苦笑笑。

"不是敲三棒鼓要你的钱，是买你的甜酒曲，两千包！"

"真的？"秋云婆高兴得叫了起来。

真的。远方的客人落宿在县城一家小客栈，吃了客栈自做的甜酒，舔着嘴皮叫好。

这酒比我们那儿的甜，比我们那儿的香，酒曲好哇，哪儿买的？（秋云婆送的。她进城找农贸公司时，也住这家店。）什么？一包能做六斤米的甜酒？才七分钱一包？咦——，我们那儿也有人做甜酒曲，一角钱一粒，一粒才做两斤米的酒呢。

问着地方，找来了。买酒曲回去卖，一包赚它五分钱，比敲三棒鼓强。

"这次钱不够，卖了这两千包，再跟你们订包销合同。"

"好！"杨安要跳。

"不！"秋云婆按住了丈夫。

怎么了？到手的好生意不做，发昏了？

秋云婆才不发昏，她还要问呢。你们那里贯彻党的政策如何？也有人开工厂？别人拆台吗？对外地人"夹板"吗？……

问得好细，像医生看病。

样样问清楚了，主意也定了。

"我们到你们那儿去，和你合伙办酒曲厂，我们生产，你们推销，行不？"

简直要蹦起来。有这样好事？还有不行的！我们家房子宽着呢，门前空坪宽着呢，交通方便着呢。

"到外乡去？山重水远的……"杨安有点犹豫。到底在香湾滚了三十年啊。

"山重水远？还在中国嘛！要搞大事业，莫当乡巴佬！"

杨安摸摸脑壳，憨笑了。

三棒鼓夫妻喜得合不拢嘴。现在还想听三棒鼓吗？敲一段。以后会没空敲咧。

好！摆晒谷坪去，湾里人难得听戏。

晒谷坪热闹得像水开锅。你挤我，我扒你，风都钻不进去了。

鼓敲得几好听哟！锣打得几好听哟！那歌，更好听：

  三棒鼓一敲（啊），
  心里（儿）只想笑（啊），
  原来我不只会敲鼓，
  过去（么）不知道（啊）。

出来走一遭（啊），
心里（么）开了窍（啊），
原来这世界有好大，
过去（么）不知道（啊）。

听听，自己有什么能耐也不知道，世界有好大也不知道，有味！

第二天，秋云婆和丈夫真的走了，加上三棒鼓夫妻，各人挑一担甜酒曲。先去那边，办好一切该办的事，再让丈夫杨安回来，办这里该办的事，彻底搬家去。

天才麻麻亮呢。秋云婆不愿叫人家看见自己离开香湾。

是啊，到底是家乡啊。

看看自己的屋，看看自己的院，看看四周的屋，看看四周的山。咬咬牙，走了。

出院门时，没忘记带上那蔸蝴蝶花。把它栽回原处吧。

蝴蝶花，老的已谢了，又开出几朵新的。晨光映照下，更加娇艳；一阵微风，好像要飞。

好看的蓝蝴蝶，你真要飞了吗？

不不，你没飞，是我走了呢。

什么时候，我又会飞回来？说不定。

望着栽回原处的蝴蝶花，秋云婆眼窝热一下。

香湾震动了。

什么，秋云婆走了？她为何要走？

嫌香湾不好？还把男人带走，这女人……

她去外面做甜酒曲了，这里走不通。那人会取巧呢。

让她去吧，不栽到河里不死心的。

去了也好，太没规矩了，搅得湾里不宁。

于是，便都觉得去了也好。这"震动"也就很快过去了。

但另一个"震动"又来了。

有个大胆小伙新近发现：那蔸"怪花"，不是长在麻风鬼坟上。他找着大柳树蔸了，被茅草掩着，离花两丈多远呢。紧接着，又有大妹子报告：在十里铺小学，看到有位老师养了两盆花，和这花一模一样，说是学名叫鸢尾（名字真不好记），品种多呢，在法国还被捧成"国花"。听说我们叫它"麻风鬼花"，人家笑岔了气。是他去年到云南出差，弄了几蔸花苗回来，在湾口歇脚时，可怜我们香湾景象太"灰"，顺手栽一蔸哩。

人们呆住了。

这"震动"，比前一个大得多。